달고나와 이발소 그림

감성에세이

달고나와 이발소그림

지은이 허윤숙 / 그린이 장은석

시간여행

들어가는 말

그때, 그 시절이 눈물 나게 그립다

얼마 전, 딸이 음료수 컵을 들고 있다가 실수하여 물을 쏟을 뻔했다. 그러자 딸은 "아이코" 하면서 아기 옹알이 같은 소리를 냈다. 그 짧은소리는 내 귀를 온종일 맴돌더니 나를 우리 딸의 어릴 적 시간으로 데려갔다. 우리 딸은 제대로 말하기까지 과도기 언어를 사용했다. 되는대로 온종일 떠들었는데 그 말이 어찌나 귀여웠는지, 그 당시 내가 쓰던 육아 일기장에 따로 어록을 만들어 놓았을 정도이다.

그리운 게 하나 더 있다. 우리 딸 엉덩이에 있던 손바닥만 한 몽고반점. 아기 때 딱 그 자리에 있던, 내 아기라는 흔적이다. 매일 아이를 씻기다 보면 엉덩이와 등 경계선에 커다랗게 푸른 반점이 눈에 들어오곤 했다. 그 모양이 누가 때린 듯 보였다. 색깔도 깊은 바다처럼 짙푸른 색이었다. 그러나 아이가 자라면서 그 반점의

위치가 변해 갔다. 점점 위로 올라오더니 엉덩이를 완전히 벗어나 버렸다.

그 작은 반점이 완전히 사라지는 때가 오는 걸까. 그러고 보니 색깔도 많이 흐려졌다. 엉덩이에서 허리로, 또 등으로 자리를 내어준 몽고반점. 내가 우리 아기 인증 점이라고 떠들게 했던 몽고반점이 나를 떠나려 한다. 아이를 씻길 때마다 나의 눈길을 붙잡던 퍼런 멍. 그 멍이 뒤덮고 있던 아기의 몸은 그 후 몇 배로 커졌다. 그때의 작은 아기는 내 가슴에 남아있을 뿐이다.

하지만 다행이다. 이제 딸은 모든 말을 정확하게 발음하고, 아기 짓은 하지 않는다. 몽고반점이 아이만큼 같이 자랐다면 어떻게 되었을까. 두들겨 맞은 멍이라고 오해받을 것이다. 자연스레 자기 자리를 내어 준 몽고반점이 고맙다.

요즘 부쩍 지난 추억들이 그립다. 몇 년 전 일간지에 정기적으로 칼럼을 실었다. 처음엔 이것저것 쓰다가 주제를 '그립지만 다행이다.'로 정하고, 옛 추억을 쓰기 시작했다. 그 글을 쓰는 시간만은 어린 시절로 돌아가서 행복했다. 그러던 중 코로나가 터졌다. 거리 두기에 대한 반발 심리 때문일까. 거리 두기로 바이러스는 막을 수 있지만, 가슴이

허전한 건 어떻게 할 것인가.

사회는 계속 발전하기 마련이다. 하지만 586세대(나이가 50대로, 80년대에 대학을 다녔고, 60년대에 태어난 세대를 일컫는 말)에겐 그 속도가 유난히 빨랐다. 6.25 직후 가난한 시절에 태어나 유년 시절을 보내고, 초고속 성장기에 청소년기를 거쳤다. 지금은 자동주문 기계 앞에서 햄버거값 계산하는 것도 어려워 쩔쩔매는 나이가 되었다.

자부심도 강하다. 우리가 겪은 가난을 물려주지 않아도 되었으니 말이다. 하지만 사회가 너무 차가워짐을 느낀다. 차가움에 베일 때마다 '공동체'라는 단어가 떠오른다. '이웃'이라는 개념이 희미해지고 있다. 늘 바쁜 탓에 옆집에 누가 사는지도 모른다. 간혹 함께 하면 불편한 것이 많다. 하지만 좋은 것도 많다. 외롭지 않고, 무엇보다 따뜻하다. 그때, 그 시절이 가끔 눈물 나게 그립다.

2022년 8월 10일

허윤숙 드림

차례

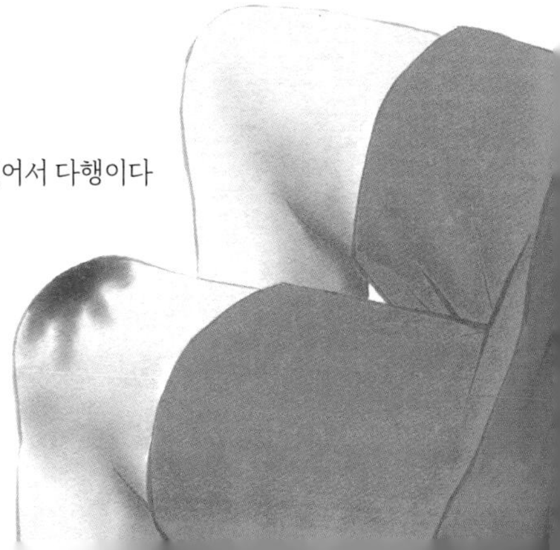

1장

지금은 사라진 것들

|추억 냄새|식모 언니|방문 거지|반공 소녀|콧물 수건|
|국민교육헌장|청강생|깍두기|강조주간 리본|

지금은
사라진 것들

추억 냄새

내게 추억은 냄새와 함께 떠오른다. 어릴 적 냄새마다 이름을 붙이는 습관이 있었다. 아빠가 이발하고 와서 내 볼에 뽀뽀하면, '이발소 냄새나.' 하면서 밀쳐내고, 이웃집에서 떡을 가져오면 '절 냄새'가 난다면서 먹지 않았다.

예전 과일은 지금의 과일과는 다른 향이 났다.

아빠가 저녁에 누런 종이봉투에 담아 오시던 귤은 집에 들어설 때부터 차갑고 쌉싸름한 달콤함을 풍겼다. 사과는 어떤가. 그 시절 사과와 지금의 사과는 분자 구조와 품종이 다를 것이다. 그때의 사과는 훨씬 단단하고 고집 센 맛이었다. 강한 향으로 도도함을 드러냈다. 달디달지만 자신을 쉽게 내어주지 않는 향이었다.

요즘은 아파트 시대다. 아파트를 대표하는 냄새는 숨이 거칠어지는 콘크리트 냄새다. 내 추억의 장소에서는 다르다.

내 어린 시절에는 동네마다 고유의 냄새가 났다. 우리 마을은 어귀에 들어서는 순간부터 코끝에 달큼한 달고나 냄새가 감겼었다. 여린 내 코는 그 향기에 어질어질했었다.

동네 구멍가게 냄새도 떠오른다.

구멍가게에 들어서자마자 가장 먼저 눈에 뜨이는 물건이 있었다. 입구에 놓여 있던 사탕 상자다. 칸칸이 나뉜 투명 상자 안에는 눈깔사탕이 색깔별로 누워있었다. 하얗고 끝이 뾰족한 사탕, 동그랗고 나선형 줄무늬가 있는 사탕, 하얀 설탕 가루가 다닥다닥 붙어있는 사탕, 딱딱한 설탕이 코팅된 사탕, 아주 큰 크기에다 단단해서 입안에 넣고 온종일 먹을 수 있는 사탕.

더운 여름엔 사탕이 녹아내려 그 즙이 사탕 통 바닥에 흘렀다. 단물이 흘러내린 사탕 통에서는 친밀한 단내가 났다. 유난히 사탕을 좋아했던 나는 그 단내가 좋았다. 그 단내를 맡기 위해서는 10원짜리가 필요했다. 갖은 방법을 동원해서 10원짜리 동전을 얻어냈다. 마침내 10원짜리 동전을 손에 꼭 쥐고 달려가던 구멍가게.

구멍가게에 가는 이유가 또 있었다. 구멍가게 아저씨가 칭찬

천사였기 때문이다. 그 천사는 못난이로 통했던 내게 유일하게 예쁘다고 말해주셨다. 내가 가면 머리를 쓰다듬으면서 "아유, 눈이 왕방울만 하네. 참 예쁘구나."라고 하셨는데, 이는 내게 딱 하나 있는 장점을 최대화한 말이다.

나의 외양은 눈이 커다랗고 주근깨가 가득한 데다가 납작하고 들린 코에 이마가 툭 튀어나온, 전형적인 짱구였다. 아저씨의 칭찬은 사탕 냄새와 섞여서 나를 홀렸다.

구멍가게에는 겨울 냄새도 있었다. 요즘에는 편의점이 그 명맥을 이어가고 있지만, 예전엔 구멍가게마다 호빵용 찜통을 가지고 있었다. 찐빵 통에서 모락모락 피워 올리는 호빵의 김 냄새는 추운 겨울 마을 공기를 두루 덥혔다.

골목길 냄새도 있다. 어릴 적 마을마다 신작로 안에 큰길, 또 그 길 안에 좁디좁은 골목들이 연결되어 있었다. 골목은 돌과 흙냄새를 품고 있었다. 골목길을 내달리던 아이들의 신발 뒤축에선 날마다 흙먼지가 피어올랐다. 진짜 흙냄새는 비가 올 때였다. 특히 가랑비가 보슬보슬 내릴 땐 흙냄새가 진하게 났다. 빗방울이 땅에 떨어질 때마다 흙 알맹이가 몸을 이리저리 비틀며 튀어 올랐다. 그 알맹이는 수줍게 내려오면서 주춤거리던, 비릿한 비 냄새에 한데 섞였다.

할머니 냄새도 있었다.

할머니들에게선 구수한 냄새가 났다. 할머니 집에서 띄우는 메주나 집에 저장하는 곡식 냄새가 주된 이유였다. 어린 시절 하면 떠오르는 냄새는 이렇듯 자연이나 사람, 음식에 관한 것들이다. 어른이 되면서 달라져 갔다. 기계적이고 건강하지 않은 냄새들에 둘러싸이게 되었다.

며칠 전 은행에서 있었던 일이다. 은행 창구에 서서 상담하던 중 갑자기 비틀거렸다. 은행 직원이 "왜 그러시느냐?"라고 했을 때, 나는 상담 테이블 위에 덮인 비닐 덮개 냄새 때문이라고 말했다. 은행 전체가 술렁거렸다. 지점장이 나와서 은행 창문을 전부 열도록 지시하기까지 했다. 새로 산 비닐 덮개에서 플라스틱 냄새가 심하게 난 것이다. 괜히 미안했다.

요즘 내가 고통을 받는 것 중 대부분이 냄새 때문이다. 차멀미도 있는데 연료 냄새로 인해서다.

새집에 놀러 가면 화학 냄새 때문에 괴롭다. 남의 집에 가서 얼굴을 찡그리는 게 미안해서 괜찮은 척한다. 집주인은 자기 집 인테리어가 얼마나 세련되고 편리한지 자랑하는 눈치지만, 나는 괴로워 죽을 지경이다. 머리 감을 때는 샴푸 냄새 때문에, 세탁기 돌릴 때는 세제 냄새 때문에, 설거지할 때는 주방세제 냄새 때문에 힘들다.

새 옷에서 나는 냄새도 괴롭다. 대부분 화학 처리해서 나온다. 어쩔 수 없이 새 옷도 빨아 입는다. 유독 석유 계열 냄새에만 그렇다. 하루빨리 시골로 가고 싶은 이유다. 갑자기 궁금해진다. 지금 나를 둘러싼 것들이 나에게, 혹은 남에게 어떤 냄새로 기억될까. 딱 하나 바라는 게 있다. 그 냄새가 반드시 행복하면 좋겠다.

지금은
사라진 것들

식모 언니

어린 시절 우리 집 가정 경제는 롤러코스터를 탔다. 아빠는 섬유 사업을 하셨는데 옷감에도 유행이 있어서 사업에 부침이 자주 있었다. 그해에 짠 옷감이 잘 팔리면 풍족했고, 안 팔리면 궁핍했다. 풍족할 땐 우리 집에 늘 '식모'가 있었다. 식모는 없어진 지 오래된 말이다. 요즘 말로 치면 '입주 가사도우미'쯤이 될까. 그 시절엔 대부분 식모가 함께 숙식하며 집안일을 했다. 우리 집에 있던 식모 언니는 총 서너 명 정도이다. 내가 10대 초반이었을 때, 우리 집에 있던 언니가 기억난다. 분이 언니다.

당시 우리나라는 도시화, 산업화가 급격하게 이루어지고 있었다. 서울엔 일자리가 넘쳐났고, 시골에서 짓는 농사는 수고와 비교하면 얻는 것이 적었다. 자연스레 '무작정 상경'이라는 말이 유행했다. 서울 가면 돈을 잘 번다는 말을 믿고 무작정 서울로 올라오는 것에 붙인 말이다. 하지만 시골에 살던 사람들이 도시에서 할 수 있는 일은 별로 없었다. 여자들은 더했다.

젊은 여자들은 주로 공장에 취업했다. 공장일은 턱없이 낮은 보수와 열악한 노동환경이 문제였다. 소녀들은 낮은 임금과 처우에 못 견디고 도망치는 일이 많았다. 공장에서 나오면 당장 잘 곳이 없다. 그러니 그들 대부분은 가정집 식모로 취직했다. 간혹 시골에서 친척에게 소개받아 오기도 했다. 벌써 4, 50년이나 지난 일이다.

당시 시골에는 소작농 개념이 남아있어 노비 비슷한 것이 있었다. 재워주고 먹여주는 대가로 궂은일을 하는 '머슴'이라는 것이다. 자유를 억압하지는 않았지만 낮은 신분에 걸맞은 대우를 받았다. 머슴은 대를 물려가면서 대갓집에서 먹고살았다. 그들은 또 다른 집 머슴의 딸들과 결혼했다. 그때까지만 해도 시골은 씨족사회가 많았고, 희미하게 신분제도가 남아있었다.

우리 집에 있던 분이 언니는 머슴이 결혼하여 낳은 딸이었다. 그 언니는 나보다 서너 살 정도 많았던 것으로 기억하는데 첫인상이 강렬했다. 그 당시 여자들보다 덩치가 컸기 때문이다. 무엇보다 손이 컸다. 덩치에 비해 애교가 아주 많았는데, 말을 할 때마다 검지로 그림을 그리듯 휘젓는 습관이 있었다. 음식 솜씨도 좋아서 처음 온 날부터 맛있는 음식을 많이 만들었다. 일주일은 적응기였다. 마치 지금의 인턴사원처럼 엄마가 집안 살림을 가르쳐 주었다.

우리 가족은 너무나 행복했다. 그전에 있던 식모 언니가 야반도주했기 때문이다.(당시 집집마다 이런 일이 흔했었다.) 그 전만 해도 식모 언니 구하는 일은 식은 죽 먹기였다. 월급은 안 주고 잠만 재워주어도 일하려는 언니들이 넘쳐났다.

아주 어릴 적 식모 언니들은 주인과 같은 밥상에서 밥을 먹는 일이 드물었다. 대체로 상 밑에서 누룽지를 긁어먹거나 남은 밥을 먹었다. 불과 10년여 만에 분위기가 달라졌다. 더 좋은 일자리가 여기저기 생기면서부터다.

식모 언니들이 야반도주하는 일이 빈번해졌다. 식모 언니는 처음 집에 올 때부터 자기만의 방을 달라고 했다. 식구가 몇인지 물어보고는 식구가 많다면서 손사래를 치곤 했다. 그런데 이 언니는 시골에서 친척 소개로 올라온 언니라 세상 물정에 어두웠다. 서울에 올라왔다는 것, 갑갑한 시골을 탈출했다는 것 자체를 좋아하는 듯했다.

그 마음이 계속되면 좋았을 텐데. 시골 아가씨가 처음 접하게 된 세상은 신기하고 화려했다. 살림만 하고 있기엔 갑갑했을 것이다. 두세 살 터울로 쪼르륵 있는 아이들 뒤치다꺼리만 하려니 얼마나 힘들었을까. 제일 큰아이는 자기랑 비슷한 나이였다. 같은 여자아이로서 누군 학교 다니고 자기는 온종일 일만 하니 속상했을 것이다.

그래서였을까. 맞벌이하던 엄마가 퇴근하기 전까지, 그 언니는 나를 콩쥐가 팥쥐 부려먹듯 했다. 그 시간 언니는 종종 마루에 앉아 얼굴에다 오이를 붙였다. 그걸 부모님께 말 못 하도록 그 언니는 우리에게 철저히 입단속을 시켰다. 그러다가 엄마가 오면 싹 돌변하곤 했다. 갑자기 내가 들고 있던 걸레를 빼앗으며 나에게 온갖 호의를 베푸는 것이다. 그리고 무서운 표정을 내게 지으며 '이르면 알지?' 하는 것이다.

당시엔 물이 귀했다. 수돗물이 나오지 않을 때가 많았는데, 그때마다 동네에 물차가 와서 물을 공급해 주었다. 분이 언니는 우리에게 양동이를 가지고 가서 물을 받아오라고 했다. 다들 그 언니가 무서워서 하나둘 받아왔다. 누가 제일 많이 받아오는 지 경쟁시키기도 했다.

그 언니는 불량 청소년의 끼가 있었다. 결국 바람이 났다. 그러자 낮에는 매일 집을 비웠다. 그러다 부모님 퇴근할 무렵 직전에 돌아오곤 했다.

집안일에는 통 관심이 없는 언니였다. 있는 반찬에 대충 밥을 차려주었다. 종종 어린아이들에게 해선 안 될 이야기를 늘어놓기도 했다. 이야기할 땐 눈을 스르르 감고는 뭔가에 취한 사람 같았다. 오늘은 남자친구가 자기 보고 예쁘다고도 했고 선물을 받았다면서 목에 찬 목걸이를 보여주기도 했다. 진주 목걸이인데 100만 원이 넘는 거라나. 내 눈엔 아무리 봐도 문방구에서 파는 목걸이처럼 보였다.

"내가 말이야. 여기서 이렇게 걸레질이나 할 여자가 아니란 말이지."

마치 상상의 세계에 사는 듯 보였다.

우리는 호기심이 발동하여 이것저것 물어보기도 했다. 지금 생각해보면 우리는 서로 다른 세계의 언어를 주고받은 듯하다. 이야기를 줄줄 늘어놓다가 부모님만 오시면 태도가 달라졌다. 곧바로 순진한 시골 처녀로 돌변하는 것이다. 부모님은 그 연기를 눈치채기엔 너무 바빴고, 부모님에게 고자질하기엔 우리가 너무 어렸다.

분이 언니의 행실은 곧 들통이 났다. 시골에 사시는 먼 친척분이 우리 집에 놀러 왔다. 그때 집에는 우리밖에 없었고, 분이 언니는 또 바람이 나서 나가 있었다. 우리는 언니가 시키는 대로 열심히 청소하고 있었다. 그 광경을 보게 된 친척분이 우리 부모님께 일렀다. 우린 그동안 있었던 일들을 말하게 되었고, 그 언니는 쫓겨났다.

지금도 가끔 그 언니가 해 준 이야기가 생각난다. 그런 내용을 어떻게 어린아이에게 늘어놓을 수가 있었는지. 분이 언니는 정규교육을 한 번도 받은 적이 없어서 글을 읽을 줄도 쓸 줄도 몰랐다. 하지만 자기도 잘할 수 있는 걸 하나 갖고 싶었나 보다. 그게 엉뚱한 쪽으로 발휘된 것이다. 지금 어디 사는지 가끔 궁금하다. 언니는 음식 솜씨가 좋았다. 요리를 정식으로 배웠다면 대단한 요리사가 되었을 것이다.

지금 생각하면 그 나이에 부모님 곁을 떠나 살았다는 게 안쓰럽다. 어린아이들을 뒷바라지하는 일은 무척 고달팠을 것이다. 이에 더해 자존심이 상했을 것이다. 시골에 있는 동생들이 딱 우리 또래였다. 우리를 볼 때마다 동생들 생각이 많이 났을 것이다. 그 스트레스를 우리한테 퍼부은 것이다. 요즘 입주 가사도우미는 구하기 힘들다. 전체적으로 소득 수준이 높아졌다. 다른 이들과 같이 생활하는 것 자체를 불편해하는 개인주의 때문이기도 하다.

부모를 떠나 남의 집 살이하던 어린 여자들, '식모 언니'들만 생각하면 가슴이 먹먹하다. 자기 또래 아이들 뒤치다꺼리했던 수많은 분이, 순이. 자기들도 똑같이 10대의 어린 나이였는데, 학교는 얼마나 가고 싶었을까! 밤마다 엄마, 아빠가 얼마나 보고 싶었을까! 또 동생들 또래를 보면 얼마나 가슴이 아팠을까!

지금은
사라진 것들

방문 거지

10여 년 전 중국 상해에서 몇 년 산 적이 있다. 내가 산 곳은 비교적 번화해서 한국과 큰 차이가 없었다. 하지만 외곽 쪽으로 나가보면 개발이 이루어지지 않은 곳이 많았다. 그 풍경이 마치 우리나라의 과거 모습 같았다. 좁디좁은 골목에 옹기종기 사람들이 나와 있었다.

화폐 단위도 그랬다. 중국엔 우리 돈으로 약 100원 정도 하는 은색 동전 한 닢이 있었다. 다들, 이 콰이(1위안)라고 불렀는데 어린 시절 10원짜리 같은 지위였다. 버스비도 이 콰이, 아이들 용돈도 이 콰이, 시장에서 과일 등 최소 구매 단위도 이 콰이 기준이었다.

중국 상해에는 소매치기, 거지들이 많았다. 북경이나 심천, 광저우나 칭다오는 더했다. 중국 광저우에는 지나가는 아가씨 백을 가로채는 오토바이족(떼를 지어 오토바이를 타고 다니는 젊은이들을 이르는 말)이 곳곳에서 목격되었다. 특히 거지들이 많았는데 쓰레기통을 뒤져서 음식을 먹기도 했다. 가장 가슴 아픈 광경은 추운 겨울에 아기를 등에 업고 구걸하는 엄마들 모습이었다. 아기는 볼이 터서 파래져 있었다. 아주 오래전 우리나라의 모습이 떠올랐다.

어린 시절 나는 거지가 직업인 줄 알았다. 그 당시 거지는 아주 당당했다. 성실하게 근속하며 기부를 유도했다. 회사에 있어야 할 하나의 부서처럼 보였다. 예전엔 한낮에 대문을 걸어 잠그지 않는 집이 많았다. 그 문을 자연스레 어깨로 밀고 들어오는 사람이 있었다. 거지들이었다. 심지어 한 번 왔던 거지가 또 온 적도 있다. 정기 방문 판매 거지인 셈이다. 대부분 나이가 젊었다. 하루는 미남 거지도 왔다. 요즘 말하는 일명 '꽃 거지'이다. 젊고 사지도 멀쩡했다.

그들이 올 때마다 밥만 줄까 아니면 반찬도 줄까 하고 고민을 했다. 대부분 밥만 주었는데 어린 마음에도 먹기가 싱거울 것 같았다. 밥만 주어도 허겁지겁 먹었다. 그들은 밥을 모아 저장도 했다. 이를 위해 용량이 큰 '영업용 식기'를 가지고 다녔다. 찌그러진 양철로 만들어졌는데, 가는 철사로 된 손잡이가 달려 있었다. 그래서 팔뚝에 가는 선이 있는 아이들은 전생에 거지였다는 농담도 있었다.

머리에는 대부분 지저분한 모자를 쓰고 있었다. 여기저기 떨어진 바지를 입었는데, 누런색인지 회색인지 알 수 없는 색깔이었다. 바지는 바닥을 질질 끌만큼 길게 늘어뜨리고 있었다. 윗도리는 소매의 입구가 넓게 벌어져 있어서 손이 시리면 양손을 그 안으로 집어넣고 다녔다.

거지들은 여기저기 있었다. 육교 밑에 고정석도 있었는데 당시 육교는 사람이 가장 많이 다니는, 요즘으로 치면 역세권에 해당한다.(자릿값도 있었을 것이다) 인심이 좋은 사람은 육교 밑을 지날 때마다 10원짜리를 준비해 두었었다.

높은 육교는 내게 공포였다. 혹시 굴러떨어질까 봐 엄마 손을 꼭 잡았다. 그리고 마침내 계단을 다 내려갈 때쯤엔 어김없이 거지와 눈이 마주쳤다. 그 거지들은 내 눈을 '뚫어져라' 쳐다보았다. 그러면 나는 무섭기도 하고 불쌍하기도 해서 엄마를 쿡쿡 찔렀다. 그러면 엄마는 지갑에서 동전을 꺼내 거지 앞에 놓인 그릇에 땡그랑 하고 넣었다.

거지들은 그 외에도 기차역, 길거리 등 곳곳에서 동냥했다. 그때마다 어른들이 한 10원짜리 기부 행위, 또 방문 판매 거지에게 밥을 준 건, 그 시대에 맞는 '사회적인 소득 재분배' 행위였던 셈이다. 어린아이들에게는 자연스레 기부 씨앗을 심어주었다.

그땐 국민 전체가 가난하고 나라도 가난했다. 특히 몸에 장애가 있거나 병이 든 사람, 또 남편을 갑자기 잃게 된 아기 엄마들은 생계가 막막했을 것이다. 이제 우리나라에는 거지가 잘 눈에 띄지 않는다. 특히 '육교 거지'는 이제 내 추억 속에서만 존재하나 보다.

지금은
사라진 것들

반공 소녀

초등학교 시절의 내 모습을 떠올리면 웃기는 장면이 많다. 무척 성실한 데다가 애국심이 넘쳐나던 한 소녀가 떠오르기 때문이다. 당시엔 저녁 6시만 되면 어디선가 애국가가 들려왔다. 그러면 지나가던 시민들이 일제히 멈춰 섰다. 오른쪽 손을 왼쪽 가슴에 대고 국민의례를 행하는 것이다. 애국심이 넘치던 나는 집에서도 그 소리만 들리면 벌떡 일어나서 왼쪽 가슴으로 손을 올렸다.

당시엔 반공교육이 철저했다. 화재 신고 번호는 몰라도 간첩 신고 114는 알았다. '도끼 만행사건'과 '땅굴 사건' 등이 그때 일어났다. 반공을 주제로 한 포스터 그리기와 표어 대회가 수시로 열렸다. 땅굴 사건 직후엔 특히 학교마다 땅굴에 대한 경각심을 일깨우곤 했다. 내가 너무 순진했나 보다. 하루하루를 북한이 우리 집 안방에 쳐들어올 것 같은 두려움이 몰려왔다.

초등학교 2학년 때였다. 학교에서 '나는 공산당이 싫어요.'라는 영화를 보여주었다. 이 영화는 공산당이 이승복 어린이 입을 찢어서 죽인 내용이었다. 집에 온 후에도 귓가에 '나는 공산당이 싫어요.'라고 외치는 환청이 들리는 듯했다. 그러다 갑자기 불안이 엄습해왔다. 마침 삼촌이 우리 집에 놀러 와서 낮잠을 자고 있었다.

'갑자기 무장공비가 우리 집에 쳐들어오면 어쩌지? 북한하고 우리 동네하고 가깝다는데, 아마 지금도 땅굴을 파고 있겠지? 그런데 집에 삼촌하고 나밖에 없잖아. 삼촌은 게다가 자고 있어.'

공비들이 땅굴에서 위로 뚫고 나올만한 위치를 찾아보았다. 한 곳이 눈에 띄었다. 예전엔 바닥이 주로 종이 장판으로 되어 있었다.(종이 장판이 두께가 얇아서 온돌방의 온기를 전달하기 쉽기 때문) 아궁이에 가까운 아랫목의 종이가 새까맣게 타기 일쑤였다. 심하게 타서 구멍까지 나는 경우도 있었는데, 딱 그 부위가 내 눈에 들어온 것이다.

그 부분을 노려보면서 무장공비가 뚫고 나오는 장면을 상상해보았다. 동시에 이승복 어린이처럼 내가 멋지게 죽는 장면을 떠올렸다.

"나는 공산당이 싫어요."

너무 따라 하는 것 같다. 더 멋진 대사는 없을까? 라고 생각했지만 다 이상했다.

"나는 빨갱이가 싫어요."

빨갱이는 왠지 품위 없는 말 같다.

"나는 공산당이 정말로 싫어요."

정말로라는 말이 너무 약해 보인다.

"나는 북한 군인이 싫어요."

북한 군인이라는 말은 군인이라는 말에 먹칠하는 것 같다.

"나는 죽어도 북한이 싫어요."

그나마 나은데 죽는 순간에 할 말은 아닌 것 같았다.

속으론 떨렸지만 제법 굳은 다짐을 하고 있었다. 절대로 무장공비에게 내 지조를 팔지 않으리라. 그때 갑자기 수상한 소리가 들려오기 시작했다.

"쿵… 쿵! 쿵!"

소리가 점점 빨라졌다.

"쿵! 쿵! 쿵!"

심지어 소리가 내게 가까워지는 게 아닌가. 호흡을 가다듬었다.

"흡 쓰—후 우우읍"

드디어 이런 날이 오다니. '그래. 결국, 내 생각대로 땅굴을 이리로 파고 있었구나.' 나는 최대한 고고한 자세로 곧추앉아 호흡을 내뱉고 있었다. 내가 제2의 이승복이 되려는 순간이다. 여러 가지 생각이 솟구쳐 올랐다. 주로 친구랑 싸운 일들인데, 친구 인형을 빌려와서 돌려주지 않은 점이 제일 마음에 걸렸다.

기자가 인터뷰를 왔다. 그때 '허윤숙 어린이는 어떤 친구였나요?'라는 질문에, '애국심은 무척 뛰어난데요. 남의 물건을 빌리고 돌려주지 않아요.'라고 대답하면 나의 죽음은 말짱 헛것이 되겠지, 아찔했다. '어제 꼭 돌려줬어야 해.' 가장 아쉬운 건 '세리 공주' 만화 영화를 다시는 못 보게 되는 것이었다. 그렇다고 이렇게 말할 순 없지 않은가? "공비 아저씨. 제발 세리 공주 딱 한 번만 본 다음에 저를 죽이시면 안 될까요?" 비극적인 장면들을 생각하면서 훌쩍거리고 있는데, 삼촌이 갑자기 말을 걸어왔다. 내가 우는 소리에 잠이 깬 것이다.

"윤숙아. 왜 울어? 응?"

그런데 순간 나는 삼촌에게 할 말이 없었다. 딱 그 순간, 땅굴 파는 소리가 끊겼기 때문이다. 땅굴 파는 소리는 바로 삼촌의 코 고는 소리였다. 내 귀가 막귀라서 일까. 아니면 내 애국심이 너무 강해서일까. 아직도 모르겠다.

나는 죽어도
공산당이 싫어요

지금은
사라진 것들

콧물 수건

작년 여름에 땀을 많이 흘렸다. 어떤 옷이 땀 흡수가 잘되고 시원할까 하고 열심히 알아보던 중이었는데, 눈앞에서 여름이 갑자기 사라져 버렸다. 게다가 아, 가을이 오나 하기도 전에 벌써 입동이란다. 내 탓은 아니다. 언젠가부터 계절이 이렇듯 함부로 애틋하다. 적어도 우리에게 입장 인사, 퇴장 인사, 인수인계 정도는 해야 하는 거 아닌가.

봄과 여름의 비빔밥 같은 시간이 지나가고, 가까스로 우수에 젖어 들락 말락했다. 그런데 갑자기 내 앞에서 무대를 갈아치운단다. 이를 보는 내 모습이 마치 초짜 딱지를 떼지 못한 희극배우 같다. 허연 분가루를 여기저기 떨어뜨리며, 허둥지둥 무대 밖으로 밀려났다. 아주 어린 시절 '사시사철'은 이러지 않았다. 인사성이 밝고 독종 같은 존재였다.

40여 년 전 초등학교 입학식 날, 어린 나는 가슴을 치고 있었다.

'차라리 오지 말걸. 이러려고 그랬나.'

아직 여덟 살이 안 된 나는 빨리 학교에 가고 싶다고 울며 떼를 쓰다가 바닥에 뒹굴었다. 결국, 손을 든 부모님은 나를 '청강생' 자격으로 학교에 입학시켰다. 그렇게 얻어낸 등교권인데, 내 최초의 의식(초등학교 입학식)은 회한의 서릿발만 흩날리게 되었다.

민망한 모습의 율동들이나 아무리 해도 삐뚤거리는 줄 서기 등 다른 건 참을만했다. 하지만 혹독한 추위는 참을 수 없었다. 당시 날씨는 군대 갔다 온 남자들의 무용담, 그 자체였다. 노래할 때마다 내 입김이 즉석에서 고드름으로 얼었다. (이건 좀 과장된 기억 같기도 하다.)

제일 참을 수 없는 건 발가락이었다. 교장 선생님의 훈화는 왜 그렇게 길던지. 나에게 교장 선생님의 존재는 만화책에 나오는 악당 같았다. 배가 불룩 나오고 짧고 몽땅한 데다 안경을 썼는데, 코가 길고 높은 매부리코였다. (이것도 한참 왜곡된 기억이다. 당시 우리나라에 그렇게 큰 코를 가진 사람은 눈을 씻고 봐도 없었다. 대부분 겸손

한 코들뿐인데 심정적으로 그렇게 보인 듯)

그들은 어리고 순수한 영혼을 파괴하러 온 악당이었다. 그들의 규칙은 단 하나였다. 즉 아이들을 통째로 얼려서 픽픽 쓰러지게 만드는 것. 그 후, 모든 아이가 도미노처럼 쓰러지면 씩 웃으며 뒤돌아 갈 것이다.

그렇게 되기까지 몇 시간이고 알아들을 수 없는 말을 하는 것이다. (이 기억도 왜곡되었다. 기껏해야 20분 정도 했을 것이다) 그러다가 쓰러지는 아이가 나오면 못 본 척하고 계속해서 말하는 것이다. 다들 소란을 피워도 상관하지 않는다. 더 큰 목소리로 주문을 외운다. 그러면 아이들은 더욱더 괴로워하며 빨개진 귀를 붙잡고 신음한다. 결국, 모든 아이가 그 자리에서 얼어붙는다.

그 정도로 초등학교 입학생이 견디기 힘든 추위였다. 엄지발가락이 유독 시렸다. 추위를 이기려고 엄지발가락을 꼬물거려 보았다. 엄지발가락을 검지 발가락에 얹었다가 다시 검지 발가락을 엄지발가락에 얹었다가 했다. 장갑 낀 손가락도 형편은 마찬가지였다. 당시엔 엄마들이 손으로 짜준 벙어리장갑이 유행이었다.

그 장갑들은 집마다 화려한 패션을 자랑했다. 앞뒤가 다른 색상이어서(파리 패션에서도 이런 전위성은 드물다.) 손등은 빨강, 바닥은 파랑이거나, 윗부분은 노랑, 아랫부분은 파란색으로 뜬 장갑들. 무슨 근본 없는 색 조합인지. 동일 색상의 배색(tone on tone)도 아니고, 비슷한 계열의 색상끼리 색조를 다양하게 하여 배색(tone and tone)한 것도 아니고, 밝고 어두운 정도의 차이가 크지 않은 동일 색조의 두 가지 이상의 색이 서로 잘 어울리도록 배치(tone in tone)한 것도 아닌 그 무엇이었다. 짐작건대 이건 계획이 있던 디자인이라기보다, 자투리 실을 이어서 장갑을 만들다 생긴 생계형 '뉴노멀' 디자인이었다.

이 장갑은 두껍긴 한데 따뜻하진 않았다. 순 국산 100% 나일론 실이었기 때문이다. 당시엔 양모나 면으로 된 실은 눈을 씻고 봐도 없었다. 겨울이면 정전기가 일어나는 실들뿐이었다. 게다가 커다란 대바늘로 뜬 거라 올이 성글었다. 성근 올 사이로 손가락을 넣어 구멍을 넓히기도 했다. 몸은 춥고 내용을 못 알아들으니 심심하기도 했다.

이런저런 이유로 학교 가기가 싫었다. 처음부터 부모님이 퇴로를 열어놓은 게 문제였다. 청강생으로 다니다가 힘들면 그만두라고 하신 것이다. 나는 물릴 수도 있는 제품(학교)을 한번 탐색하러 간 셈이다.

아침 등교 때마다 갈등이 생겼다. 당시 3월은 한겨울이었다. 꽃샘추위라기엔 한 달 내내 추웠다. 학교에 가려면 공터를 지나야 했는데 바람이 매섭게 불었다. 매서운 바람을 맞다가 맘이 바뀌어 집으로 돌아오곤 했다.

그러면 엄마는 왜 다시 왔냐고 하고 나는 아주 당연한 듯, "추워서."라고 대답하곤 했다. 코 훌쩍임은 기본이었다. 추위를 이기지 못하여 울기도 했고, 콧물이 휘날리기도 했다.

그렇다. 콧물은 아이들의 상징이었다. '콧물 배기', '코찔찔이'가 어린아이의 별칭이었을 정도다. 콧물들의 커밍아웃은 강추위에 맞선 반란이었다. 그 무렵 초등학교 입학생 준비물 목록 중 필수품 1호는 콧물 수건이다. 테두리를 듬성듬성 홀치기 한 가제 손수건인데, 길게 접어서 아이들 왼쪽 가슴에 매단 것이다. 이때 금속 옷핀을 사용했는데, 부잣집 아이들은 리본을 플라스틱 안전핀으로 달았다.

손수건은 아이들이 스스로 콧물을 닦기 위한 용도였다. 아이들이 콧물을 자주 흘리니, 교실 여기저기서 훌쩍거리는 소리가 들렸다. 어린 손으로는 야무지게 코를 풀 수도 없었다. 응급조치로 콧물이 왔던 곳으로 꿀꺽 들이마시는 수밖에 없었다.

오른쪽 소매로 쓱 훔치는 방법도 있었다. 개구쟁이들이 주로 그랬는데, 손수건 살 돈이 없는 집 아이들도 마찬가지였다. 오른쪽 옷소매를 잡아당긴 후 콧물을 쓱쓱 문지르고 다녔다. 콧물 수건이 네 번 접혔기에 앞뒤로 둘러 쓸 수 있었다. 콧물 용량이 많은 아이들이 문제였다. 손수건의 닦는 면이 금세 한도 초과 상태가 되었기 때문이다. 그땐 옷소매로 쓱 닦았다.

요즘 아이들은 예전처럼 콧물을 흘리지 않는다. 실내는 난방이 잘 되어있고, 외부는 예전만큼 춥지 않아서다. 우리나라의 기후를 조사해 오라고 숙제로 내면, 사계절이 뚜렷한 온대기후라고 말할 수 없게 되었다. 점점 아열대 기후가 되어가고 있다. 제주도에서만 재배하던 바나나가 이제는 대구에서까지 재배한다. 예전에 있다가 사라진 콧물 수건처럼 겨울까지 사라지는 건 아닐지.

내가 확실히 늙어가나 보다. 이제 별걸 다 아쉬워한다. 살아있는 동안 조금이라도 눈을 더 보고 싶고, 예전의 매서운 추위도 느껴보고 싶다.

지금은
사라진 것들

국민교육 헌장

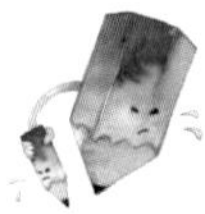

공부하길 좋아하는 사람은 없을 것이다. 자기가 좋아하는 영화를 보거나 음악을 듣는 건 공부라고 하지 않는다. 일반적으로 공부는 시험이 뒤따르거나 하기 싫은 내용을 외우는 것에 붙이는 이름일 것이다. 자기가 좋아하는 걸 공부하면 그냥 연구라고 해야 하나.

가령 요즘 아이들이 하는 팬질을 보면 수준급이다. 동영상 편집 기술이나 팬 아트, 재치 있고 기발한 글솜씨 등에 감탄한다. 요점은 그거다. 절실해서 하는 것. 그래서 받아들일 준비가 되어있고, 적어도 이해되는 것이어야 한다. 뭔지도 모르는 걸 회초리를 들고 하라고 하면, 그때부터 지옥의 문이 열린다.

나에게는 공부 공포증(phobia) 아니, 정확히 말해 닥치고 암기 공포증이 있다. 그 발생 원인을 알려면 과거로 많이 되돌아가야 한다. 초등학교 2학년 무렵이었다. 학교에서 뜬금없이 이상한 문장을 외우라고 했다. 당시의 나에겐 적어도 "영희야 철수야 노~올자." 정도로 내용처럼 이해가 되어야 했다.

그 외에 1 더하기 1 같은 덧셈과 뺄셈을 배울 필요는 있었다. 적어도 구멍가게에 가서 100원짜리 내고 10원짜리 과자 하나 산 다음 10원짜리 9개를 거슬러 받아야 하는지는 알아야 하니까. 하지만 적어도 우리 눈에 아무짝에도 쓸모없는 걸 외우라는 거다. 이름도 무시무시한 '국민교육헌장'이다.

제목부터 맘에 안 들었다. 국민학교에 다니던 우리로서 '국민학교'라는 말은 익숙했다. '국민교육'은 대체 무슨 뜻인가. 생소하고 입에서 겉도는 국민교육이라는 말. 거기까진 그래도 괜찮았다. 그 뒤가 문제였다. '새장'도 아니고 '헌장'이 무슨 말인가.

까끌까끌한 제목은 그렇다 치자. 본문 내용은 더했다.

'우리는 민족중흥의 역사적 사명을 띠고 이 땅에 태어났다.'

여기서도 이해되지 않았다. 나는 그냥 엄마가 낳아서 응애~하고 태어난 거 같은데, 대체 무슨 수로 내가 역사적 사명을 띠었단 말인가. 정말로 내가 민족중흥을 위해서 태어났단 말인가. 그렇게 보이지 않았다.

이 문장을 1인칭 복수 시점으로 쓴 건 모순이었다. 차라리 '너희는 민족중흥의 역사적 사명을 띠고 이 땅에 태어났다.(그 뒤에 이어질 문장도 필요하다.) 저를 믿으셔야 한다. 도저히 믿어지진 않겠지만.' 아직도 외우고 있는지 그 애증의 원문을 써보고 싶어졌다. 하지만 실패했다.(역시 무조건 암기는 안 돼.)

원문은 이렇다.

"우리는 민족중흥의 역사적 사명을 띠고 이 땅에 태어났다. 조상의 빛난 얼을 오늘에 되살려, 안으로 자주독립의 자세를 확립하고, 밖으로 인류 공영에 이바지할 때다. 이에, 우리의 나아갈 바를 밝혀 교육의 지표로 삼는다.

성실한 마음과 튼튼한 몸으로, 학문과 기술을 배우고 익히며, 타고난 저마다의 소질을 계발하고, 우리의 처지를 약진의 발판으로 삼아, 창조의 힘과 개척의 정신을 기른다. 공익과 질서를 앞세우며 능률과 실질을 숭상하고, 경애와 신의에 뿌리박은 상부상조의 전통을 이어받아, 명랑하고 따뜻한 협동 정신을 북돋운다. 우리의 창의와 협력을 바탕으로 나라가 발전하며, 나라의 융성이 나의 발전의 근본임을 깨달아, 자유와 권리에 따르는 책임과 의무를 다하며, 스스로 국가 건설에 참여하고 봉사하는 국민정신을 드높인다. 반공 민주 정신에 투철한 애국 애족이 우리의 삶의 길이며, 자유 세계의 이상을 실현하는 기반이다. 길이 후손에 물려줄 영광된 통일 조국의 앞날을 내다보며, 신념과 긍지를 지닌 근면한 국민으로서, 민족의 슬기를 모아 줄기찬 노력으로, 새 역사를 창조하자."

–국민교육 헌장

사극 대본보다 외우기 어렵다.

특별히 꽂히는 대목이 있다. 그 대목은 두고두고 써먹었는데, 특히 학벌 위주인 우리나라에서 강조되어야 하는 구절이 있다. 바로 이 부분이다. '타고난 저마다의 소질을 계발하고' 이 헌장이 나온 지 50년이 넘었건만 '타고난 저마다의 소질 계발'은 여전히 아닌 것 같다. 죽어라 외운다고 되는 게 아니었다.

당시 아이들이 이 헌장을 외우는 것에는 왕도가 없었다. 그냥 닥치고 외우는 수밖에. 당연히 머리싸움이었다. 어릴 때, 나는 다른 친구들에 비해 암기력이 달렸다. 덕분에 선생님께 회초리를 여러 대 맞아야 했다. 그 회초리는 마땅히 내가 아니라 내 혈관 속 DNA가 맞았어야 한다.

내 주변 친구들, 특히 내 사촌이 문제였다. 예전엔 시골에서 서울로 상경한 친척들이 서울의 한 마을에 옹기종기 모여 살았다. 내 주변엔 머리가 뛰어난 아이들이 많았다. 특히 사촌 중 하나는 하필 나랑 동갑인데 바로 옆 반이었고, 올백을 밥 먹듯이 해댔다.

사촌이랑 나랑 학교 숙제가 같은 날 나왔나 보다. 어른들 앞에서 사촌이 나랑 국민교육헌장을 외우기 시작했다. 그런데 내가 첫 줄 가지고 쩔쩔매는 동안 사촌은 문장 전체를 다 외워버렸다. 옆집 친구도 마찬가지였다. 그 친구는 다른 공부는 못해도 단순 암기력만은 뛰어났다. 이래저래 나만 뒤떨어진 아이였다.

중학교 역사 시간도 마찬가지였다. 오래전 죽은 어른들의 출생연도를 외우는 일은 고역이었다. 수학에서는 '과정은 몰라도 돼. 그냥 닥치고 공식 암기하기.' 미술 시간엔 빛의 삼원색을 무작정 외워야 하는 빨, 노, 파, 등등. 그러다 보니 공부 시간에 암기문제가 나오면 진저리를 칠 정도였다.

'국민교육 헌장'은 재미도 없고 감동도 없는 문장이었다. 약간의 세뇌교육과 단순 암기력 향상은 있었던 것 같다. 그렇다면 실도 있었을 터, 단순 암기 후유증으로 인해 공부 기피 현상이 생긴 것이다. 아이들에게 의미 없는 공부는 이제 그만하게 하고 싶다.

지금은
사라진 것들

청강생

운동화 속 발가락을 꼼지락거려본다. 덜 시린 것 같다. 손도 조물조물해 본다. 그래도 시리다. 이미 볼은 터서 거칠고 빨갛게 변했다. 코를 계속 훌쩍거린다. 이때 콧물이 삐죽 모습을 드러낸다. 콧물이란 녀석들은 일관성이 있다. 일단 내려간 이상 다시 오를 줄을 모른다. 어린 마음에도 민망하다. 이내 힘껏 들이마셔 보지만 역부족이다. 왼쪽 가슴팍을 흘깃 본다. 하얀 가제 손수건이 길게 접혀 옷핀에 붙잡혀 있다. 이제야 손수건의 용도가 생기는 순간이다. 손수건을 끌어다가 코를 힘껏 푼다. 거칠게 날뛰던 콧물 녀석들이 이내 잠잠해진다. 몸짓이 설익은 여자아이는 속으로 말한다. '이런 게 겨우 학교라니.'

'청강생'이란 말은 이제 어디서도 듣기 힘들다. 마치 북한에서 쓰는 말 같다. 청강생이란 말은 당시 국민학교(지금의 초등학교)에 입학할 나이는 안 되고, 학교엔 들어가고 싶은 아이들을 다니게 하던 제도다.

이때 다니다가 성적 미달이면 중도에 자진해서 자퇴했다. 혹 깜냥이 되면 계속 다니는 거다. 주로 언니, 오빠가 학교 다니는 게 부러워서 매일 졸랐던 동생들이 다녔다. 또는 부모가 맞벌이일 때 돌봄 서비스 개념으로 보내기도 했다. 일종의 조기입학인 셈인데 정식으로 입학하는 것과는 달랐다. 이 제도에 대해서는 지금도 의문이 많다.

나는 일곱 살에 청강생이었다. 학교에 다니고 싶어서 부모님께 졸라댄 결과다. 일찍 한글을 떼었으니 학교에 적응할 거로 생각하셨나 보다. 부모님은 망설임 없이 1년 일찍 학교에 보냈다. 청강생은 요즘으로 치면 초등학교 부설 유치원 같았다. 미리 한두 달 정도 학교에 다니다가 적응이 안 되면 다음 해에 같은 학교에 재입학하곤 했다.

그런데 내가 학교에 적응할 거로 생각한 것은 착각이었다. 학습 외에도 많은 것들이 걸림돌이 되었다. 무엇보다 엄마가 보고 싶은 거다. 학교에 가자마자 엄마 얼굴이 온종일 떠올라서 견딜 수가 없었다. 그래서 수업시간에 엄마 보고 싶다고 훌쩍거렸다.

그것뿐만이 아니었다. 그 당시 겨울은 매서웠다. 특히 꽃샘추위가 기승을 부리던 3월이니 등교 때마다 추위가 끔찍했다. 처음엔 1주일 정도 엄마가 학교에 데려다주다가 이웃집 친구와 같이 가게 했다. 그런데 친구는 멀쩡하게 잘 가는데 나만 다시 집으로 되돌아갔다. 엄마가 왜 다시 왔냐고 물으셨고 나는 당연하다는 듯 말했다.

“추워서.”

그러자 옆집 엄마가 혀를 쯧쯧 하고 찼다. 게다가 더 큰 복병이 기다리고 있었다. 그 당시엔 과밀학급을 해소하기 위해 1, 2학년을 대상으로 오전, 오후반을 운영했다. 그런데 어리바리한 내가 자주 헷갈리는 거다. 분명 선생님이 “다음 주는 오후반이에요.” 하셨을 거다. 그런데도 떡하니 오전반에 등교하곤 했다. 가만 보니 선생님은 그대로인데 아이들이 좀 낯설어 보였다.

그때 선생님의 어이없어하시는 말투가 지금도 생생하다.

“윤숙아. 너 또 헷갈렸구나. 어휴~”

그때마다 주섬주섬 책가방을 챙겨 나오곤 했다. 그러면서 속으로 중얼거렸다.

‘학교는 나쁜 곳이다.’

오전, 오후반 말고도 헷갈리는 게 있었다. 하루는 오전반을 등교하고 하교까지 무사히 마쳤다. 그런데 마침 엄마가 동생들과 외출했나 보다. 아무도 없어서 마루에 누웠는데 금세 잠이 들었다. 푹 자고 다음 날 깨어나 보니 또 집에 아무도 없는 것이다.

'이게 무슨 상황이지?' 하다가 갑자기, '어린이용 노이로제'가 발동했다. 본능적으로, '지각이다. 큰일 났다. 또 선생님께 혼나겠다.' 하고는 세수도 안 하고 냅다 학교로 뛰었다. 헐레벌떡 교실 문을 열었는데 담임 선생님이 깜짝 놀라며 하시는 말씀,

"윤숙아. 왜 또 왔니?"

그런데 내 당황하는 표정을 보곤 웃음을 터뜨리셨다.

'재가 또 헷갈렸구나. 내가 못 살아.'

그렇다. 나는 그날 오전반에 갔다 와서는 잠시 낮잠 잔 것을 다음날까지 잔 것으로 착각해서. 오후반에 또 간 것이다. 그 일이 있은 며칠 후 결국 청강생 생활을 청산했다. 도저히 부모님도 감당이 안 되셨던 모양이다.

결국 다음 해에 정식으로 입학했다. 같이 청강생으로 다니던 친구는 계속 다녀서 2학년이 되어있었다. 그 친구를 학교에서 마주칠 때마다 왜 2학년이 친구냐고 친구들이 물어보았다. 대답할 수가 없었다. 내겐 치욕스러운 역사였기 때문이다. 그 친구는 뭐

든 앞서 나갔다.

청강생 생활을 모두 합쳐 두 달 정도 한 것 같다. 그때 배웠던 것들이 생생히 기억난다. 처음 한 달은 교실에 들어가지 않고 추운 운동장에 서서 온종일 '둥근 해가 떴습니다.'와 같이 이상한 율동을 했다. 손이 빨갛게 시리도록 말이다. 그리고 교실수업에서는 줄 없는 종합 장을 네 칸 접는 일, 거기에 줄을 긋고 빨강, 파랑, 노란색을 색칠하던 일. 또 종합장을 네 칸 접어서 이름 쓰던 일이 생각난다.

진짜 문제는 다음 해에 정식으로 입학한 뒤에 발생했다. 매해 똑같이 이루어지는 학교 수업이 너무 뻔했던 것. 그 당시만 해도 동요 레퍼토리가 턱없이 적었다. '둥근 해가 떴습니다.'는 그다음 해에도, 또 그다음 해에도 줄기차게 운동장에 울려 퍼졌다. 당시만 해도 동요 작곡가가 별로 없었나 보다.

이때 율동을 외우느라 긴장하는 아이들이 참 불쌍해 보였다.

"팔을 더 높이 올려야지."

나는 마치 교사처럼 굴었다. 교실수업 때는 더 가관이었다. 당시만 해도 한글을 모르는 아이들이 대부분이었다. 심지어 자기 이름도 못 쓰는 일이 다반사였다. 나는 꼬마 교사처럼 굴었다. 아이들 공책에 이름을 안 쓴 게 보이면 내가 직접 써 주곤 했다.

그 순간 아이들은 존경의 눈빛으로 나를 바라보곤 했다. 이 존경이 지속하면 얼마나 좋았을까. 약발은 딱 두 달 갔다. 나도 아이들과 똑같이 미개척 분야를 탐험하게 된 것이다. 문제는 이미 내 학습 의욕이 뚝 떨어져 있었다는 것.

이제 더는 잘난 척할 거리도 없는데, 잘난 척은커녕 내 성적이 다른 아이들에 비해 뒤처지기 시작했다. 다른 아이들은 처음부터 학습에 흥미를 느꼈다. 뭘 하든 흥미 있게 참여하니 능률이 높았다. 나는 딱 두 달 치분 식량을 가지고 평생 먹을 수 있는 척한 것이다. 인생이 그토록 긴 줄을 어떻게 알았단 말인가.

남자아이들은 여자아이들보다 덩치나 언어적인 면에서 늦된 편이다. 한번은 우리 반에서 키가 작고 어리숙했던 남자아이가 나하고 짝이 되었다. 그 아인 나에게 늘 구박을 당했다. 매일 내가 한 말은 그거였다.

"아휴. 그것도 못 해? 아휴. 답답해라."

그랬던 내가 덧셈을 자꾸 헷갈렸다. 화살표로 선분을 긋고 있는데 등분하는 게 헷갈렸다. 세 칸이면 0부터 출발하는 것인지 1부터 출발하는 것인지. 그때마다 아이들이 놀렸다. 꼬마 교사 위신이 말이 아니었다.

이때 내 짝꿍은 이 사태를 지켜보며 고소해했다. 늦되었을 뿐, 나중에 알고 보니 그 부진아는 영재였다. 2학기에 학급 반장이 되었고 나중엔 산수, 국어, 웅변 등 매사에 승승장구했기 때문이다. 나는 그 뒤로 국어책에 나온 '토끼와 거북이' 우화를 보며 속이 쓰라렸다. 깨닫고 보니 내가 바로 토끼였다. 고작 여덟 살짜리가 두 달 앞선 걸 가지고 잘난 척을 한 거다.

종종 어린 시절의 청강생 추억이 떠오른다. 혹시 제때 입학했었더라면 내가 공부를 더 잘했을까. 아니면 좀 더 겸손한 인생을 살았을까. 아니면 단순하게 선행학습 폐해를 말해야 하나.

지금은
사라진 것들

깍두기

요즘 사라진 말 중에 '깍두기'라는 게 있다. 어릴 적 고무줄놀이나 공기놀이를 할 때마다 나오던 말이다. 깍두기는 놀이에서 아이들이 맡는 포지션의 일종이다. 고무줄놀이하는데 여러 명이 고무줄을 밟거나 회전하는 중 한 명이 실수로 못 하면 전체가 계속해서 지게 된다. 그러면 그 아이는 아무도 자기 팀에 끼워주려 하지 않게 된다. 이때 공정한 규칙이 탄생하게 된다. 즉 모든 팀에 속하는 팀원이 생기는 것이다.

그 팀원은 경기마다 참가한다. 실력이 없어서 경기에 미치는 영향이 적기 때문이다. 가끔 실수로 잘하기라도 하면 커다란 응원을 받는다. 그러면 으쓱해서 더 열심히 하게 되고. 이 여세를 몰아 깍두기를 탈출하는 아이도 있다. 한번 칭찬의 맛을 보고 나면 중독이 되기 때문이다. 그 칭찬을 들으려고 놀이가 다 끝난 뒤에도 나는 혼자 남아서 연구했다.

'나는 왜 이게 안 되지? 다들 쉽게 넘던데.'

연습을 거듭한 끝에 정식 선수로 입단하기도 한다. 이때 깍두기 시절이 생각나 울컥하기도 한다.

'그동안 대놓고는 아니지만 다들 나를 무시했었지. 다 알아. 대놓고 욕한 아이도 있었어. 자기 팀이 진다면서. 아직도 기분이 나쁜걸. 두고 봐. 이제 내 덕분에 이기게 될 테니.'

갑자기 과거 아픈 일들이 떠오른다. 모두 내 얘기이기 때문이다. 나는 몸 쓰는 놀이를 잘 하지 못 했다. 운동신경이 유난히 나빴는데 이는 타고난 게 분명하다.

운동신경을 타고 난 아이들은 모른다. 운동 얘기만 나오면 주눅이 들고 불행해지는 기분을. 예전 놀이는 모두 운동의 형태였다. 공기놀이만 해도 손가락의 민첩성이 필요하고, 숨바꼭질은 빨리 뛰어야 숨기 좋은 장소를 먼저 차지했다. '무궁화 꽃이 피었습니다.'는 말할 것도 없다. 무엇보다 걸음이 빨라야 술래 근처까지 갈 수 있었다. 남자아이들이 하던 말타기는 높이뛰기, 줄넘기 시합에선 폐활량과 발재간, 비석 치기에선 거리 감각 등이 필요

했다.

고무줄놀이가 제일 심했다. 고무줄놀이는 올림픽 경기로 치면 높이뛰기 종목에 해당한다. 다리를 높이 들어 고무줄을 넘어야 했으니까. 나는 다리를 아무리 올려도 고무줄을 넘기가 힘들었다. 나보다 한 참 어린아이들이 넘는 높이도 힘들어서 쩔쩔매는 것이다. 아이들 놀림을 받게 되니 결국 고무줄놀이에 끼기가 어려웠다. 하필 여자아이들이 제일 많이 하는 게 고무줄놀이였다. 나는 마당에 있는 기둥에 고무줄을 묶어 놓고는 온종일 연습했다. 그렇게 실내 훈련을 통해 고무줄놀이 실전에 참여하곤 했다.

실력이 없어도 깍두기로 끼워주면 무안하지 않았다. 또 실력이 출중한 아이도 잘난 척하지 않는 제도였다. 어린 시절 이후로 깍두기라는 말을 들어본 적이 없다. 대신 모든 걸 실력대로 보여주는 기간들을 보내왔다. 내가 집안에다 고무줄을 묶어 놓고 오랫동안 연습하던 기술이 있다. 고무줄을 오른발로 재빨리 휘감아서 밟는 기술이다.

비디오도 없던 시절이다. 대신 잘하는 아이들이 했던 기술을 떠올려가면서 연습했다. 그런데 막상 실전에 나가면 또 안 되는 것이다. 한번은 다른 동네에서 이사 온 아이가 이 기술을 처음 배우게 되었다. 그 아이는 운동신경이 좋았나 보다. 한 번 가르쳐 주니 금세 해내는 것이다.

깍두기는 못 하는 아이만 하는 게 아니었다. 너무 잘하는 아이도 깍두기였다. 잘하는 정도가 아니라 너무너무 잘하는 아이, 축구선수로 치면 지단이나 메시쯤 될까. 그 선수가 등장하면 승부가 예측된다. 그런 인재는 동네마다, 경기종목마다 한두 명 밖에 나오지 않는다.(드물게 올 라운드 플레이어가 탄생하기도 한다.) 그런 아이가 있으면 모든 아이가 그 아이 편이 되겠다고 했다. 그럼 상대 팀은 불을 보듯 필패다. 결과적으로 기대감이 없어서 놀이가 재미없다.

이를 방지하기 위해 열등생 말고 우등생에게도 전 경기 참여권을 주는 것이다. 잘하는 아이는 모든 팀에서 뛸 수가 있다. 이렇게 하면 자기 실력을 맘껏 뽐내서 좋고, 상대 팀 사기를 꺾지 않아도 되니 좋다. 이처럼 '깍두기'에는 양 끄트머리를 배려한 고민이 보인다. 양 끝에 속하지 않는 가운데 아이들, 출중하지도, 뒤처지지도 않는 아이들은 위로 오르기 위해 열심히 노력한다. 누구도 창피하거나 잘난 척하지 않는 구조다.

나는 어린 시절 놀이를 할 때마다 늘 깍두기였다. 깍두기 제도에 남다른 애정이 있다. 자라면서 나도 잘하는 것이 생겼다. 어린 시절 놀이에선 모든 걸 잘하는 아이가 있었지만, 어른의 세계에

선 다르다. 잘하는 게 있고 못 하는 게 있다. 결과가 현실에 반영되니 삶의 질이 달라진다. 그 차이에 힘이 빠질 때가 많다. 분야마다 깍두기 자리가 있으면 좋겠다.

코로나는 빈부의 격차를 더욱 벌리고 있다. 얼마 전 또 일가족의 극단적 선택 사건이 있었다. 가장이 삶을 포기하려고 했을 때 심정이 어땠을까. 내 어린 시절 놀이처럼 했으면 좋았을 것이다.

'지금은 경기가 참 안 풀리는구나. 그럼 잠시 깍두기 하지 뭐. 나중에 실력이 늘 때까지.'

또 잘하는 깍두기도 이렇게 생각하는 것이다.

'나도 언제 어떻게 될지 알 수 없잖아. 지금은 내가 이쪽 깍두기 해야겠다. 저쪽 깍두기가 일어설 때까지.'

놀이판에선 즐겁게 노는 게 중요하다. 어린 시절 깍두기 놀이는 좀 못해도 괜찮았다. 진정한 놀이란 그런 거였다. 실력 없는 깍두기가 무안하지 않게 해 주는 것, 또 혼자 잘해도 으쓱하지 않게 해 주는 것이다. 삶도 놀이처럼 하면 안 될까. 어린 시절 놀이처럼 다 함께 재미있게 사는 사회를 꿈꾸어본다.

강조주간 리본

어릴 적 있다가 없어진 것 중, 강조주간 리본이라는 게 있다. 왼쪽 가슴에 리본을 다는 것이다. 이 리본에는 국가나 학교에서 중요하게 여기는 메시지를 새겨 넣었다. 리본에 가장 많이 쓴 말은 반공이었고 그다음에 많이 쓴 문구는 불조심이었다.

이 리본을 안 달고 가면 혼이 났다. 리본을 정문 앞에서 부랴부랴 종이로 급조하는 일도 있었다. 나중에 아예 문구점에서 리본 형태로 만들어 팔았다. 비닐로 된 이 리본은 주머니처럼 되어있어 문구를 갈아 끼울 수가 있었다.

각 가정에 인터넷도 없고 텔레비전도 별로 없던 시절의 일이다. 서민들은 정부에서 시행하는 일을 알 수가 없었다. 조선 시대처럼 마을마다 방을 붙일 수도 없는 일이다. 국가가 강조하는 일을 손쉬운 방법으로 홍보한 것이다. 당시 정부에서 강조하던 것은 반공 교육, 불조심, 출산 억제 정책, 수돗물 아끼기, 전기 절약, 혼식 등이었다. 학교에선 실내 정숙을 강조했다.(한 학급에 100명 가까이 되는 학생들이 앉아 있으니 소음이 컸을 것이다.)

리본을 가슴에 달고 문제 행동을 할 수는 없었다. '둘만 낳아 잘 기르자'라는 리본을 단 주간에는 부모님이 동생을 또 가질까 봐 조마조마했다.(우리 집은 아이가 다섯 명이나 되어 이미 선을 넘어 있었다.) 불조심 강조주간에는 소방관 역할을 했다. 길거리에 나 뒹구는 연탄재에 불씨가 보이면, 발로 밟아 작은 불씨까지 없앴다.

이 외에도 꼬마 애국자가 음지에서 한 일은 무수히 많다. 우리 동네엔 삐라(불온 전단)가 많이 날아왔다. 그 내용은 아무리 봐도 어린아이가 이해하기 힘들었다. 주로 만화로 그려져 있었는데, 당시 우리나라 대통령과 우리나라 유명 여배우 그림이었다. 삐라는 종이 질이 나쁘고 인쇄 상태나 철자법, 말투가 달라 금방 알아챘다. 돈으로 보상해 준다는 이야기가 있어서 삐라를 주우면 파출소에 가져다주었다.

하루는 우리 집 마당에 삐라가 한 무더기 뿌려져 있었다. 삐라를 발견한 나는 이제 우리 집이 부자가 되는 줄 알고 기뻐했다.

하지만 친구들과 파출소에 가져다주고는 크게 실망했다.

경찰 아저씨가 "다음에 보면 또 주워 오너라."라며 머릴 쓰다듬고 끝냈기 때문이다.

요즘은 SNS가 대세라 정보나 지식 등을 마음대로 골라서 취할 수가 있다. 국민을 일방적으로 세뇌하기 힘들 것이다. 그런데도 가짜 뉴스가 나온다.

강조주간 리본을 단다면 무슨 문구가 들어갈까. 인구절벽 시대에 '아들딸 구별 말고 하나 놓아 잘 기르자'라는 말은 치명적 오류가 될 것이다. 당시에 유행하던 '덮어놓고 놓다가는 거지꼴을 못 면한다.'라는 표어는 '덮어놓고 안 낳다가는'으로 바꿔야 할 것이다.

일손이 많이 필요한 농경시대는 아니지만, 다른 이유로 인구수가 필요해졌다. 수요를 감당할 최소 인구수 말이다. 또 고령화가 심각해지는 추세에선 출산율을 더 올려서 전체 인구를 젊게 만들어야 한다. 또 세금을 낼 인구가 필요하다. 국민연금 고갈 문제도 떠오른다. 받을 사람은 늘어 가는데 연금을 낼 인구수가 줄어들고 있다. 출산율 저하는 교육비나 양육비 부담이 가장 큰 이유일 것이다.

이런 문제를 해결하기 위해 나라에서는 각종 정책을 내놓고 있지만 별 효과가 없어 보인다. 특히 우리나라 출산율은 OECD 국가 중 최하위이다. 이제 이런 문구가 들어가야 하지 않을까.

"낳기만 하세요. 기르는 건 나라가 합니다."

혼 분식 장려 문구도 마찬가지다. 지금 돌이켜보면 이는 개인의 사생활 침해이다. 다이어트 열풍이 불고 있는 요즘은 저탄수화물 식단을 권장한다. 또 혼식은 좋지만, 분식은 장려할 만한 식생활이 아니다. 밀가루의 글루텐 성분은 사람에 따라 뇌에 치명적이다. 무글루텐 제품이 인기를 끌고 있다. 먹는 것 하나에 열량과 성분뿐 아니라 모양, 체질까지 다 고려한다.

개인별 맞춤식을 하는 시대다. 하지만 예전엔 나라에서 이거 먹어라, 저거 먹어라 간섭을 한 것이다. 학교에선 도시락 뚜껑을 열어서 검사까지 했다. 보리와 쌀의 비율을 보는 건데, 보리가 쌀의 비율에 못 미치면 손바닥을 맞았다. 쉬는 시간마다 도시락을 열어서 밑에 있는 보리를 꺼내어 위로 올리곤 했다. 다른 아이들의 도시락에서 보리를 가져다 위에 얹기도 했다. 혼 분식 장려가 아니라 혼 분식 강제였다.

'자나 깨나 불조심'은 불안감 조성이 눈에 거슬린다. 깨어 있을 때 조심하는 거야 상관없지만, 잠잘 때도 불조심하라니. 잠도 마음대로 편하게 못 자는가. 이제 불조심은 국가적으로 시스템화되어 있다. 집마다 천장에는 화재감지기를 설치하고 있고 간이용 소화기를 비치하고 있다. 건물마다 소화전을 눈에 띄게 해놓고, 스프링클러를 의무적으로 장착하고 있다. 소방원도 매해 증원하고 있으며, 신고만 하면 즉시 달려온다. 건물을 지을 때도 소방법규는 철저히 준수해야 하는 의무규정이다.

이제 많은 일을 나라에서 하고 있다. 요즘 강조주간 리본을 만든다면 어떤 문구를 선정해야 할까. 전에 골칫거리였던 '길에서 침 뱉기'나 '무단 쓰레기 투척'은 점점 사라지고 있다. 실내 흡연 금지? 대부분 잘 지켜지고 있다. 아니면 버스 정류장 줄 서기? 버스 오기 전부터 다들 알아서 한 줄을 만든다. 노약자에게 자리 양보하기? 노인이 아니면 그 자리에 앉는 사람이 없다.

출산 문제는 지극히 개인적인 일이다. 이젠 개인의 행복을 중시하는 추세다. 공공의 이익을 위해 개인의 희생을 강조하지 않아도 된다. 이런 나라에 살 수 있어서 행복하다.

2장

내 어릴 적 이발소 그림

| 이발소 그림 | 구멍가게 | 마당 | 책받침 |

내 어릴적
이발소 그림

이발소 그림

아주 어릴 때의 기억을 더듬다 보면 장면 몇 개가 간신히 떠오른다. 하나는 안방 풍경이다. 그 당시 살던 집 안방에는 그림이 한 장 걸려있었다. 부부가 저녁놀을 등지고 기도하는 그림인데, 밀레의 〈만종〉이 아니었을까. 그림은 안방 문을 열면 바로 보이는 위치에 걸려있었다. 나는 매일 그림을 보며 상상의 나래를 폈다.

'왜 고개를 숙이고 있지?'

어른이 되어서야 그림의 뜻을 알 수 있었다. 그런데 그 그림은 원화가 아니었다. 이른바, 이발소 그림이라는 건데, 삼류 화가가 명화를 보고 따라 그린 것이다. 그림물감이 조악해서 색감이 흐릿했고, 선도 삐뚤삐뚤했다. 밀레가 보면 울고 싶었으리라.

그 그림을 안방 벽에 걸어두는 집이 많았다. 왜 그런 그림을 이발소 그림이라고 불렀는지는 모른다. 이발소 벽에 모조 그림을 많이 붙였나 보다.

당시엔 사진을 보고 베낀 그림도 많았다. 영화관용 대형 간판만 그리는 직업이 따로 있었을 정도다. 대형으로 그리다 보니 위치 가늠이 안 되었나 보다. 간판에 그린 영화배우 그림은 원래 배우 얼굴과 전혀 닮지 않았다. 어떤 그림은 닮지 않은 정도가 아니라 완전히 다른 사람을 그려 놓곤 했다. 영화관을 지나다가 친구랑 깔깔거렸던 기억이 난다. 사진을 보고 그린 건 명화 보고 그린 것 보다 틀린 부분 찾기가 훨씬 쉬웠던 셈이다.

요즘은 조잡한 이발소 그림이나 영화간판 그림이 눈에 띄지 않는다. 가끔 시골에 가서 영화관 그림이 눈에 띄면 오랜 친구 만난 듯 반갑다. 마치 레트로 풍(retro 風; 과거의 체제나 전통 따위에 향수를 느껴서 그것을 따르려는 복고주의 풍토) 영화를 보는 듯한 뭉클함이다.

원본을 프린트한 것은 언뜻 원본같이 보이긴 하지만 진짜는 아니다. 냄새나 질감 등이 다르다. 원작이 우리나라에 있을 리가 없다. 또 원작은 이 세상에 하나밖에 없으므로 진짜일 수가 없다.

하지만 진짜 가짜에게는 가짜만의 당당함이 있다. 진짜를 완벽하게 흉내 낼 수도, 그럴 필요도 없다. 어차피 다 짜고 치는 판이다.

가짜는 그 판에서 엄격하고 품위 있는 역할을 해낸다. 이발소에 걸려있는 그림은 시선을 맴돌게 하고 B급 정서만의 장르를 창조한다.

'손이 닿을 듯 참 편안하고 따뜻해. 붓 터치가 좀 서툴러 보이긴 하지. 원래 저 그림은 프랑스인가 뭔가 하는 나라에서 그린 거래. 화가 이름이 뭐더라, 그런데 알 게 뭐야. 어쨌든 그래도 명색이 명화라잖아.'

그렇게 가짜 그림만이 해내는 역할이 있다. 어릴 적 안방에 붙어있던 밀레 그림은 내게도 가짜 그림이었을까. 아니다. 나는 그 그림을 보면서 무한한 상상을 했다. 나중에 교회에서 기도할 때 그 부부의 자세가 떠올랐다. 사춘기 때는 저녁놀을 보면서 시를 썼다.

몇 년 전 고흐의 〈별이 빛나는 밤에〉 원작 그림을 보았다. 오르세 전시관이 공사하면서 잠깐 우리나라에서 빌려온 것이다. 그때 실제로 본 원화는 내게 충격 그 자체였다. 그림이 걸려있는 방에 들어서자 갑자기 현기증이 났다. 말로만 듣던 스탕달 증후군이었을까. 명화가 갖는 매력과 위엄에 완전히 압도당했다.

동시에 그동안 〈별이 빛나는 밤에〉가 준 노고에 잠시 고개를 숙였다. 〈별이 빛나는 밤에〉는 몇백 원짜리 책받침에서부터 연습장 표지와 쇼핑백까지, 다양한 모습으로 우리에게 등장하며 위안과 격려를 보냈다. 이발소 그림에서는 수많은 서민의 가슴을 촉촉이 적셔주었다. 서민들에게 인문학적인 향기와 스스로가 예술 애호가라고 느끼게 해 주었다.

그 그림이 지금 내 눈앞에 있는 것이다. 온종일 밥벌이해야 하는 서민에게 예술은 사치다. 하지만 감성까지 잃을 수는 없다. 그 마지막 한 방울의 감성을 잃지 않게 해 준 고마움에 표하는 경의였다.

루시드 폴(Lucid Fall)의 〈고등어〉라는 노래가 있다. 오랜 시간 고등어를 저녁 반찬에 올려온 서민들의 애환과 고등어에 대한 감사가 담겨있다.

몇만 원이 넘는다는
서울의 꽃등심보다
맛도 없고 비린지는 몰라도
……
그래도 나는 안다네.
그동안 내가 지켜온
수많은 가족의 저녁 밥상

……

가난한 그대 날 골라줘서 고마워요.

수고했어요. 오늘, 이 하루도

–루시드 폴 작사, 작곡 〈고등어〉.

이발소 그림은 마치 그동안 서민들의 단백질과 오메가3를 책임져 온 고등어와 같다. 비록 모조품이라는 딱지가 붙지만 어린 아이에게 상상력을 불러일으켰다. 고등어와 이발소 그림은 지금도 소중하다. 우리를 지금, 여기로 실어다 준 열차니까.

안드레 애치의 소설《그해 여름 손님》에서 아버지는 아들에게 말한다.

"우리는 젊은 시절의 열병을 과도기적 감정이라고 생각하지. 하지만 그 시절에만 겪을 수 있는 열정은 그것만으로도 귀중한 거란다. 그 열정을 소중하게 생각해라."

우리는 한때의 열정을 싸구려 이발소 그림처럼 다룬다.

'첫사랑은 이루어지지 않아. 어설프기 때문이야. 마치 풋사과처럼.'이라고 하거나 '젊은 시절은 과도기적 시간이야. 인격이 완성되기 전이니까.' 또는 '지금, 이 전셋집은 대충하고 살자. 조금만 있으면 내 집을 마련해서 잘 꾸미는 거야.'라고 한다. 아니면

‘가족과의 시간을 줄이고 성공을 향해 달리자. 어차피 가족은 늘 함께 있으니까.’

그 모든 것은 항상 중요하다. 마치 이발소 그림이 당시엔 명화 대접을 받았듯이 말이다. 사랑하는 이들과 함께하는 지금, 이 순간을 소중히 다루어야겠다. 적어도 나에게는 귀중한 명화들이니까.

내 어릴적
이발소 그림

구멍가게

우리 아파트 단지 안에는 미니 슈퍼마켓이 있었다. 슈퍼라는 말을 붙이기에는 너무 규모가 작아서 구멍가게라고 부르면 딱 맞았다. 그 가게는 기본적인 청과물과 주민이 즐겨 찾는 물건을 팔았다. 그 가게가 어느 날 갑자기 문을 닫더니 편의점으로 바뀌었다.

내 어린 시절엔 모든 가게가 작았다. 고만고만한 가게에 고만고만한 물건들을 갖다 놓고 팔았다. 반원형 창문만 내놓고 물건과 돈을 주고받는 곳도 있었다. 담배나 껌, 복권 같은 걸 파는 데였다. 마치 쥐구멍처럼 생긴 작은 구멍으로 돈과 물건이 오고 갔다. 그런 가게에 이름 붙인 것이 구멍가게가 아닌가 한다. 구멍만

뚫어 놓고 물건을 파는 가게, 구멍만큼이나 규모가 작은 가게.

구멍가게라고 발음하면 목구멍이 속부터 간질간질해져 온다. 어린 내게 구멍가게는 유토피아였다. 먹거리나 놀 거리가 많지 않던 시절, 그곳엔 많은 것이 있었다. 가게 이름도 딱히 없었다.

구멍가게에 들어가 보자. 가장 먼저 눈깔사탕 상자가 눈에 들어온다. 그 투명한 상자에는 칸이 여러 개 나누어져 있고, 알록달록 눈깔사탕이 놓여있다. 흰색 줄이 회오리처럼 휘감겨 있는 사탕, 굵은 설탕 가루가 덕지덕지 묻어있는 사탕, 속이 투명하게 보이는 빨간 사탕.

그 옆을 보자. 좋아하는 과자들이 늘어서 있다. 라면을 잘게 잘라 튀긴 과자인 라면땅, 라면땅과 비슷한데 조금 더 가늘고 더 고소한 프리미엄 급 과자인 자야, 그리고 옆에는 가느다란 빨대 안에 오렌지 맛이 나는 설탕 젤리가 들어있어서 이빨로 끌어올려 먹는 간식인 아폴로, 속에 구멍이 뚫려있는 약처럼 생긴 하얗고 납작한 사탕 등.

밖을 둘러볼까. 여름인가 보다. 문 앞에 둥근 아이스크림 통이 보인다. 통의 손잡이를 열면 하얀 냉기가 올라온다. 그 안에는 여러 가지 아이스크림들이 들어있다. 내가 가장 좋아하는 네모나게 생긴 바닐라 맛 아이스크림이 보인다. 그 옆에는 팥 맛이 나는 삼각형 모양의 아이스크림도 보인다.

겨울 가게 안에는 난로가 놓여 있다. 연탄난로인데 그 위에는 노란 양은 주전자가 올려 있다. 그 안에는 늘 보리차가 끓고 있었다. 당시엔 엽차라고 했다. 지나가는 어른들은 그 보리차를 공짜로 마시고 갔다.

세상에서 가장 신기하고 맛있는 것만 모아 놓은 구멍가게.

아이들에게 구멍가게는 행복 우물이었다. (세상에서 제일 부러운 아이가 구멍가게 아저씨 딸이었다.) 우리 동네 구멍가게 아저씨는 친절했다. 내가 가면 머리를 쓰다듬으며 귀엽다고 해 주셨고, 외상도 곧잘 해 주셨다. 엄마가 안 계신 데, 과자는 먹고 싶어서 손가락만 빨면서 가게 문고리를 잡고 있어 본 적이 있다. 그러면 아저씨는 들어오라고 해서 먹고 싶은 걸 고르게 하셨다. 나는 몇 번쯤 쭈뼛거리다가 덥석 좋아하는 과자를 집었다. 아저씨는 그때 인심 좋은 말을 덧붙이셨다.

"뭐 어떠냐. 하루 이틀 장사한 것도 아니고 네 엄마 아빠 다 아는데…."

아저씨는 머리가 좋은 것 같았다. 그 많은 과자 가격을 어떻게 다 외우는지 말이다. 또 외상 장부 기록하는 걸 못 봤다. 엄마가 콩나물 사러 올 때, 기억나면 말씀하시는 건지… 까먹고 안 받은 돈도 많으실 듯하다.

신용카드를 대신하는 게 그때에도 있었다. 외상거래였다. 외상거래는 형편이 넉넉하지 않은 집에서 쓴 제도였다. 월급날이 한참이나 남았는데 동네마다 생활비를 다 쓴 집들이 많았다. 그들은 가게에다 사정을 이야기하고 반찬거리를 가져갔다. 구역이 작으니 남의 집 살림살이들을 훤히 꿰고 있었다. 그래서 서로 믿었던 것이다. 당장 현금이 없어도 동네 신용만으로 물건을 주었다.

아저씨는 나름대로 자기만의 신용등급을 매기고 계셨다. 외상을 고질적으로 갚지 못하는 사람은 물건을 내주지 않았다. 외상으로 가져갈 때는 카드에 서명하는 것과 비슷한 동작이 있었다. '공중 사인'이다. 집게손가락을 허공에다 대고 사선으로 쓱 하고 긋는 것이다.

"아저씨, 이거 외상 달아주세요."

이제는 플라스틱(신용카드)이 동네 신용을 대신해 주고 있다. 내 이름을 굳이 알릴 필요도 없고, 구질구질하게 내 월급날이 어떻고 말할 필요도 없다. 기계에 넣고 쓱 긁기만 하면 된다. 고만고만한 구멍가게가 사라지고 나니 아쉬운 게 있다. 물건 하나 사면서 서로 쌓던 '행복 부스러기'들이다.

어릴 적 구멍가게에서 나누었던 은근한 대화, 작은 몸짓, 따뜻한 눈빛, 이런 것이 아직도 가슴속 따뜻한 공간에 남아있다. 행복은 이렇듯 작은 점들이 모이고 모여 선으로 연결되는 것인가 보다. 돈이 많다거나 크게 성공해서가 아니다. 그건 찰나일 뿐, 행복은 구멍만큼 작은 틈으로 서서히 스며든다.

인생 전체로 볼 때 순간이 전체고 전체가 순간이다. 찰라의 순간도 소중히 해야 하는 이유다. 행복이란 작은 부스러기들을 그러모아 빚어내는 반죽이다. 내 어릴 적 구멍가게에는 '행복 부스러기'들이 모여들었다.

그 공간이 눈물겹도록 그리울 때가 있다. '대학만 가면, 취직만 하면, 결혼만 하면, 아이만 크면'이라고 했던 일들이 막상 이루고 나면 허탈감이 밀려올 때다. 오히려 목표를 향해 하루하루 살아내던 순간들, 그때 흘리던 땀방울 속에 행복이 있었다.

거리 두기가 의무화되니 사람과 사람이 부대끼는 게 얼마나 소중한지 새삼 느낀다. 나 혼자 이루어낼 수 있는 게 얼마나 될까. 누군가 나를 알아주지 않는다면 나는 정말 행복할까. 행복이란 처음부터 거창하지 않은 건지도 모른다. 사람과 사람 사이, 구멍만큼 작은 곳으로 조금씩 스며드는 햇살 같은 것이었다. 행복해지기 위하여 큰 것이 필요하지 않아서 좋다.

내 어릴적
이발소 그림

마당

나이가 들면서 자연을 좋아하게 되었다. 나는 도회지 출생이어서 자연을 접해본 적이 별로 없다. 그런데도 전원생활에 관한 동경이 꿈틀댄다. 보도를 걷다보면 어느새 흙을 찾아 걷는 나 자신을 본다. 내 몸이 흙에서 왔다는 걸 실감한다고나 할까.

이런 변화가 놀랍다. 꽃을 좋아하면 나이 든 증거라는 말이 생각나서다. 할머니들 옷에는 유난히 꽃 그림이 많다. 삭막한 아파트 생활에 지쳐서일까. 베란다나 거실에 화분을 들이다가 숫자가 점점 늘어났다. 우린 잠만 자고 나가지만 식물은 온종일 집을 차지하고 있다.

나이가 들면서 식물을 좋아하게 되는 이유는 무엇일까. 한창

싱그럽던 시절을 그리워하는 건가. 끝없이 피워 올리는 생명력에 대한 경외심인가. 죽어 있는 것 보다 살아있는 것에 집착하는 건지도 모르겠다. 꽃잎 한 장, 한 장이 소중하게 느껴지고, 비싼 꽃이든 길옆에 핀 야생화든 다 같이 소중하고 대견하다.

마당이라는 말이 사라지고 있다. 전원주택에서도 정원이라고 하지 마당이라는 말을 쓰지 않는다. 어린 시절 내 주변 사람들은 주로 아담한 주택에 살았다. 주택에는 마당이 딸려 있었다. 마당에는 등나무와 작은 화단이 있었고, 그 화단에는 나팔꽃, 맨드라미, 분꽃 등이 있었다.

요즘은 그 꽃들이 보이지 않는다. 어린 시절 내게 친근하고 예뻤던 꽃이다. 그 꽃은 참 신기했다. 저녁에는 시들시들해졌다가 아침이면 다시 활짝 피어났다. 고개를 숙였다가 다시금 일어서는 힘, 꽃을 보면서 희망을 알게 되었다.

마당에는 등나무가 있었다. 아빠가 그네를 매달아 주셨다. 한낮에 그네에 앉아서 나는 동화책을 읽거나 꾸벅꾸벅 졸았다. 마당은 세상을 나서기 전의 나에게 인큐베이터 역할을 했다. 집마다 다르긴 했지만, 아이들이 혼자서 외출하는 시기가 따로 있었다. 나는 너댓 살이 되어서야 대문 밖에 혼자 나갈 수 있었다. 그 전에는 형제들과 마당에서만 놀았다. 처마 기둥에다 고무줄을 묶어 놓고, 고무줄놀이나 공기놀이를 했다.

마당은 쓸모가 많았다. 사회성이나 건강 상태를 가늠하는 잣대이기도 했다. 옷을 얇게 입고 마당에서 놀다가 추우면, 외출할 땐 옷을 두껍게 입으면 되었다. 또 형제들과 놀다가 싸우면 엄마가 나와서 즉석 미니 재판을 여는 곳이기도 했다.

비가 내려도 괜찮았다. 그땐 마당에 나가 빗방울이 떨어지는 걸 바라보았다. 빗방울은 땅에 떨어지자마자 몸을 비틀면서 공중으로 튀어 올랐다. 그 모습이 마치 살아있는 용이 몸을 뒤트는 것 같았다. 비가 내렸다 튀어 오른 곳은 보조개처럼 옴팍하게 파였다. 지붕에서는 빗소리가 났다. 지금도 투둑 투둑하는 빗소리가 들리는 듯하다.

비가 내리면 특유의 냄새가 났었다. 비가 처음 내린 직후 땅에서 나는 냄새다. 나는 그 냄새를 좋아해서 빗소리가 들리기 시작하면 부리나케 마당으로 뛰쳐나가 냄새를 맡곤 했다. 지금 눈을 감아도 가려낼 수 있다. 빗방울이 흙바닥에 발뒤꿈치를 대보다가 소스라칠 때, 그때 나는 비릿한 비 냄새를.

마당에는 마루와 연결된 평상이 있었다. 평상 위는 플라스틱 차양이 덮고 있었지만, 빗물을 완전히 막지는 못했다. 나는 처량하게 그 빗물을 우산으로 막으면서 평상에 앉아 있기도 했다. 평

상에서 맞이하는 봄비는 시원하면서도 온기를 지니고 있었다. 또 비가 오면 매번 지렁이가 찾아왔다. 나는 지렁이가 기어 나오면서 꿈틀거리는 모습이 재미있어서 따라 하곤 했다. 또 손가락으로 지렁이가 갈 수있도록 미리 고랑을 파주기도 했다.

마당이 여름엔 고마운 곳으로 변신했다. 바깥이 펄펄 끓는 용광로일 때, 등나무 밑은 그늘로 인해 시원했다. 땡볕에서 놀다가 지친 아이들은 마당 그늘에서 놀았다. 놀다가 더우면 펌프 물로 등목을 했다.

겨울이 오면 마당에 눈이 쌓였다. 소복이 쌓인 눈 위를 걸으면 발자국이 찍히고 하얀 백설기 같은 느낌에 감탄하곤 했다. 쌓인 눈 위를 걸으면 뽀드득 소리가 났다. 그 소리를 듣는답시고 마당에 나가 두 발로 세게 밟았다. 눈사람을 만들 땐 화단에 있는 눈을 활용했다. 화단에 쌓인 눈을 뭉치면 눈사람이 깨끗했었다. 아이들이 많은 우리 집 마당에는 아이 숫자만큼의 눈사람이 겨울을 지켰다.

요즘은 비가 올 때 모두 아파트 안에 틀어박힌다. 어딜 둘러봐도 흙이 없다. 마당은 흙으로 뒤덮여있어서 다양한 생물이 서식했다. 꽃이나 나무, 벌레 등과 친하게 지낼 수 있었다. 무엇보다 좋았던 것은 햇빛과 가까이할 수 있었던 점이다. 요즘은 아파트

베란다로 겨우 들어오는 한 줌이 우리가 쬘 수 있는 햇볕이다. 마당에서는 평상에 앉아 온종일 쬘 수 있던 햇볕이다.

온종일 건물 안에서만 생활하는 현대인이다. 요즘 사람들에게 우울증이 많은 이유 중 하나가 세로토닌 부족이라고 한다. 이런 저런 이유로 마당이 없어진 폐해를 겪는다.

일하는 걸 좋아하지만, 빨리 은퇴하고 싶은 이유도 마당에 대한 향수 때문이다. 하루라도 빨리 시골에 가서 마당에 맨드라미와 나팔꽃을 심고 싶다. 그리고 아침저녁으로 볼 수 있으면 좋겠다.

내 어릴적
이발소 그림

책받침

새해가 되기 전 다이어리를 사러 갔다. 예쁜 공책과 필기구들이 즐비한 풍경이 화려하다. 미국에 사는 동생이 하는 말이 미국인들은 한국 문구제품을 무척 좋아한단다. 품질뿐만 아니라 색감이나 디자인이 호감이 가고 종류가 다양해서다. 인기 있는 만화 캐릭터가 그려져 있는 공책은 꽤 비싼데도 금세 동이 난다고 한다.

예전엔 종이가 귀했다. 재생 종이 공책이 대부분이었고, 내지 안쪽까지 줄을 쳐서 쓰곤 했다. 재생용 종이는 부스러기 같은 것이 걸리기도 했고, 종이 두께가 일정하지 않았다. 연필심인 흑연은 딱딱하고 흐린 색이거나 연필을 깍다보면 쉽게 부서지기도 했다. 글씨를 쓰다 보면 종이가 찢어지거나 연필심이 부러지기 일쑤였다. 이를 방지하기 위한 것이 있었다. 지금은 사라진 책받침이다.

책받침은 억울할 것이다. 공책을 받쳐줬는데 말이다. 제대로 말하려면 공책 받침이라고 해야 했다. 그나마 얼마간 사용 후 자취를 감추었다. 지금은 어디에도 찾을 수 없는 책받침. 주로 싸구려 플라스틱으로 만들어진 책받침은 조악한 품질의 연필심과 거친 공책의 단점을 가려주는 용도로 사용되었다.

한때 호사를 누리기도 했다. 플라스틱 책받침 표면에 피비 캣츠나 브룩 실즈, 아니면 국내 유명 연예인 얼굴을 인쇄해서 비닐로 코팅을 했다.(그 여자 연예인은 과거 책받침 여신이었다) 하루는 책받침을 챙겨 오지 않아 그냥 공책에 글씨를 쓴 적이 있다. 그러자 뒷면이 울퉁불퉁해졌다.

구구단을 프린트한 책받침은 아이들이 커닝 페이퍼로 활용하기도 했다. 실제로 아이들이 커닝을 해서 시험 볼 때는 책받침 사용이 금지되었다. 유명 연예인 얼굴을 볼 수도 있고, 여름이면 부채로 쓰던 책받침. 그 책받침은 이름도 대충 만들어져서, 잠시 쓰이다가 사라진 물건이다.

이런 물건은 또 있다. 버스를 탈 때 차비 대신 내곤 하던 토큰이라는 동전이다. 가운데 구멍이 뚫려있어 조선 시대 상평통보같이 생겼다. 그 동전을 버스 탈 때마다 내곤 했다. 이름을 왜 토큰이라고 했는지는 모르겠다. 종이로 된 버스표도 있었다. 회수권이라고 불렀다. 회수권은 10매가 한 줄로 되어있었다. 그 종이를 한 칸씩 잘라서 버스표로 사용했다. 이름을 왜 회수권이라고 했을까. 버스회사에서 회수해서 그랬나.

요즘은 버스를 탈 때 카드나 핸드폰을 기계에 찍는다. 이 편리한 도구가 나오기 전까지 토큰이나 회수권은 책받침처럼 우리 곁에 잠시 머물다 갔다. 이름을 대충 지어 남을 위해 자신을 모두 내주고, 사회의 불합리함이나 결핍을 메웠던 셈이다.

사람에게도 이런 일이 있다. 학대 대상 아동들이다. 어린아이들은 자기 의사를 표현하지 못한다. 어른들이 내리는 정책에 희생당할 뿐이다. 아무리 학대 신고를 해도 가해자가 무혐의 처분을 받으면 피해 아동을 다시 집으로 돌려보낸다. 줄지어 제2, 제3의 피해가 생기는 것이다. 결국 큰 사달이 나야 대책을 이야기한다. 아동 정책은 '아이들의 피를 먹고 자란다.'라는 말이 있다. 앞으로 얼마나 더 많은 피해 아동이 나와야 할까. 무지하고 무책임한 어른들, 잘못된 사회 시스템의 희생양이 되고 있다.

아동학대 치사 사건 중 '정인이 사건'이 특히 가슴 아프다. 생전에 자기 이름도 제대로 불리지 않아서다. 이름이 뻔히 있는데도 양모가 자기 멋대로 이름을 바꿔버렸다. 게다가 사후에는 수많은 기사에 오르내리는 상징적인 이름으로 바뀌었다. (기자들이 써대는 얄팍하고 자극적인 기사들이 역겹다.)

이름조차 제대로 불리지 못하고 잠깐 머물다 간 책받침처럼, 세상에 잠시 머물다 간 아이. 이 아이만 생각하면 큰 슬픔과 죄책감이 든다.

3장

그 따뜻함이 눈물 나게 그립다

| 골목길 | 등목 | 나팔꽃 | 빨간약 | 장독대 |
| 항아리 뚜껑 | 이불 여밈 |

그 따뜻함이
눈물나게 그립다

골목길

카톡 등 메시지를 안 봐서 욕먹을 때가 많다. 핑계가 궁색하다. '샤워 중이었다, 잠을 잤다, 영화를 봤다'라고 했다. 실제로 그런 적도 많은데 믿어주질 않는다. 그런 불신을 해결하기 위해서 방수 핸드폰까지 나왔나 보다.

어제 헬스장에서 무거운 기구를 들어 올리고 있을 때였다. 갑자기 모르는 번호로 전화가 왔다. 또 안 받는다고 화내는 사람이 있을까 봐 얼른 받았다. 스팸 전화였다. 당장 받지 않으면 큰일 나는 전화가 얼마나 될까. 대부분 그렇지 않다. 다들 빨리빨리, 효율성만 앞세운다. 그보다 훨씬 중요한 게 많은데 말이다.

어린 시절엔 안방에 있는 전화기 앞에 온종일 앉아 있어야 전화 한 통 받을 수 있었다. 좀 더 오래전엔 편지가 그 자리를 대신했다. 일주일이나 걸려서 편지를 보내고, 다시 일주일 걸려 답장을 받곤 했다. 기다림은 일상이었다. 기다림에는 설렘이 따랐다. 내 손까지 오는 동안 편지가 어떤 내용일지, 혹시 오다가 분실되는 건 아닌지 전전긍긍했다.

벽화로 유명한 동네에 놀러 간 적이 있다. 산비탈에 줄줄이 지어진 집들, 가파른 경사면 축대나 집 담장에는 알록달록 그림이 그려져 있었다. 가끔 텔레비전에 나오던 곳이다. 벽화 말고도 눈길을 끈 게 있다. 요즘 발음조차 생소한 '골목'이다. 그 당시 사람들이 작아서 그랬나. 집과 골목들이 작아서 우리가 거인처럼 보일 정도다.

올망졸망한 집들을 거미줄처럼 연결한 앙증맞은 길. 그 길을 골목이라 불렀다. 이렇게 좁은 골목에 큰 가구는 어떻게 들어갈까 싶다. 그랜드 피아노 같은 건 생각조차 하지 말아야 한다. 하긴 그 시절 그랜드 피아노를 일반 가정집에서 구경할 일은 없었을 것이다. 안전에도 취약하다. 집에 불이라도 나면 소방관은 어떻게 대응할까. 소방차가 들어설 공간이 없다.

아주 어릴 적 우리 집에 불이 난 적이 있다. 그때 소방서가 아니라 동네 사람들이 와서 불을 꺼주었다. 당시엔 불이 나도 119로 전화를 걸어야 한다는 생각이 없었다. 집에 전화기도 없었다. 그럼 어디에다 연락하느냐, 아주 간단하다. 누군가 "불이야." 하고 크게 외치는 것이다. 그러면 어떻게 알았는지 여기저기서 사람들이 몰려들었다. 그런 날은 동네 비상소집 일이었다. 불이 자주 나기도 했다.

연탄을 때고, 석유곤로에 밥을 해 먹었다. 이래저래 불을 가까이하는 생활습관이었다. 화재가 자주 일어나다 보니 다들 단련이 된 셈이다. 때론 불구경을 영화 관람처럼 여겼다. 불구경하고 온 사람들이 무용담처럼 자랑삼아 말하고 다닐 정도였다. 불이 난 집은 이렇게 불구경하는 사람과 불을 끄기 위한 사람들로 북적거렸다.

지금도 불을 끄던 장면이 아른거린다. 누가 말해주지 않아도 불이 나면 가까운 사람 순서대로 양동이를 하나씩 가져왔다. 양동이가 없으면 세숫대야나 플라스틱 바가지에라도 물을 떠 와서 불이 난 곳에 부었다. 너무 좁은 골목에 있는 집이 문제였다. 그땐 다들 몸을 바짝 벽에 붙이고는 줄지어 서서 옆 사람에게 차례차례 물을 옮기기도 했다. 그렇게 열심히 물을 퍼 나르던 결과 불을 끌 수 있었다. 소방차 한 대 없이, 절절한 마음들이 모여서 이루어낸 것이다.

이런 따뜻함이 돌멩이 하나, 바닥의 흙 알갱이 하나하나에 차곡차곡 물들어 있었다. 그것 말고 하나가 더 있었다. '기다림'이다. 당시엔 집집이 퇴근하는 아빠를 마중 나가는 광경이 흔했다. 우리 집도 아빠가 퇴근하실 때마다 골목 어귀로 마중 나가곤 했다. 무뚝뚝하던 다른 집 아빠들과 달리 우리 아빠는 무척 가정적이셨다. 특별히 우리 자매들이 아빠를 기다리는 이유가 있었다. 퇴근하는 아빠 손에 항상 과자나 과일 등이 들려 있었기 때문이다. 과자를 유난히 좋아하던 나는 가장 먼저 나가서 기다리곤 했다.

골목 흙바닥에 비켜 저녁놀이 불그스름해질 땐, 단발머리 어린 소녀의 머리도 함께 붉어졌다. 소녀는 거친 담벼락을 꼭 잡고 골목 안을 빼꼼 쳐다보았다. 그리고 마침내 기다리던 아빠가 골목 어귀에 '뚜벅뚜벅' 모습을 드러낼 때면, "아빠"하고 소리치며 달려나가곤 했다.

발걸음 소리는 골목 모퉁이에만 있어도 들을 수 있었다. 많은 소리 중에서도 아빠 구두 소리를 가려낼 수 있었다. 아빠가 걸을 때는 뒤축부터 '뚜욱' 딛는 소리가 났기 때문이다. 지금도 그 소릴 들으면 맞출 수 있을 것 같다. 또 지금쯤 어느 골목을 돌았는지 안 보고도 알 수 있었다. 항상 내가 예상한 시점에 맞춰 아빠가 나타났다.

겨우 손바닥만 한 집을 얼기설기 엮어주던 골목. 지금 보면 답답하고 고만고만해 보일 수 있는 그림이다. 하지만 골목의 모습은 집마다, 또 아침저녁으로 다른 풍경을 만들어냈다. 한낮의 짧던 그림자가 비스듬히 누울 때쯤, 놀던 아이들은 하나둘 집으로 뛰어 들어갔다. 그때마다 덩그러니 서 있던 골목.

골목은 많은 사람을 품었다가 토해내곤 했다. 낮에는 아이가 옹기종기 모여 노는 놀이터로, 저녁엔 가장을 기다리는 대합실로, 저녁이 되면 연인들의 세레나데 무대로, 할 일 없는 백수에겐 벽화(낙서) 캔버스로 우리의 이야기를 들어준 골목. 모두에게 쓸모가 있다는 건 고마운 일이다.

어른이 되어서 어릴 때 살던 동네에 찾아가 본 적이 있다. 그런데 너무 늦었나 보다. 그 땅, 그 자리는 맞는데, 그 많던 골목길은 온데간데없었다.

"분명히 이 자리가 맞는데, 초등학교 위치가 그대로인 걸 보면. 학교 정문을 지나 언덕을 내려가면 분명 앞에 시장 골목이 보였고, 그 오른쪽에 문구점, 또 넓은 언덕배기가 있었다. 그리고 그 언덕을 지나면 우리 집을 지름길로 갈 수 있었어. 다들 어디로 간 거지? 모두 다 사라지고 학교만 그대로인걸."

그 대신 나지막한 목소리가 빙빙 돌아 나온다.

“주근깨 꼬마 아가씨. 진짜 오랜만이야. 몰라보게 훌쩍 컸군. 왜 이리 늦었어. 많이 기다렸잖아. 얼마나 보고 싶던지. 참으로 그렇더군. 어느 날부터 하나둘 정겹던 얼굴들이 내 곁을 떠나지 뭐야. 코흘리개 희철이 걘 요즘 콧물 안 흘리나 몰라. 또 맞다. 그 뭐더라, 맨날 질질 짜던 갈래머리 땋고 다니던, 그래, 영숙이. 그 아인 한번 온 적이 있었어. 얼마나 반가웠던지. 그 아인 아주 보기 좋게 살이 붙었지 뭐야. 어릴 적엔 그렇게 빼빼하더니.

이렇게 지나고 보니 그때가 그리워. 그땐 온종일 몸살이 나곤 했지. 아이들이 오죽 드세야지. 말뚝 박기를 하면 동네가 떠나가라고 쿵쿵거리고 소리 지르고. 허구한 날 내 귀청이 남아나질 않았지. 고무줄놀이는 또 어떻고. 콩 줄기 같은 다리들은 어찌 그리 들 재 되던지. 나를 온종일 밟고 또 밟았지.

그런데 말이야. 난 그때가 참 좋았어. 그땐 늘 북적댔거든. 지금은 그냥 그래. 전보다 내 몸집이 훨씬 커지고 세련되긴 하지. 시시때때로 잘 씻겨주고 입혀주고 말이야. 그런데도 허전해. 나는 아이들을 좋아하는데, 요즘엔 아이들이 잘 보이지 않더군. 무엇보다 말이야. 요즘 아이들은 시끌벅적하게 놀지를 않아. 그땐 참 시끄럽고 귀찮았는데, 뭐든 지나고 보면 좋은 법인가 봐.”

골목이 있던 자리엔 성큼성큼 고층 아파트가 들어섰다. 우리의 소중한 골목들을 밀어내 버리고 그 많은 이야기를 꿀꺽 삼킨 채 말이다. 이제 우리도 그래야 하나. 그 귀한 것을 고이 가슴에 안고 살아야 하나. 백번 그렇다 쳐도 마음으로 준비할 시간이 전혀 없었던 게 아쉽다.

친구에게서 카톡이 울린다. 코로나 시국인데 잘 지내냐는 안부다. 지금 답변 안 하면 또 욕먹을까? 아니다. 지금 답변하지 않겠다. 나는 '골목형 인간'이니까. 서둘 일이 뭐가 있나. 친구에겐 나중에 말해야겠다.

"내가 왜 곧바로 답변을 안 했냐면, 그건 말이야. 일부러 그랬어. 그러면 내 답변을 기다리는 동안 네가 나를 더 많이 생각할 테니까."

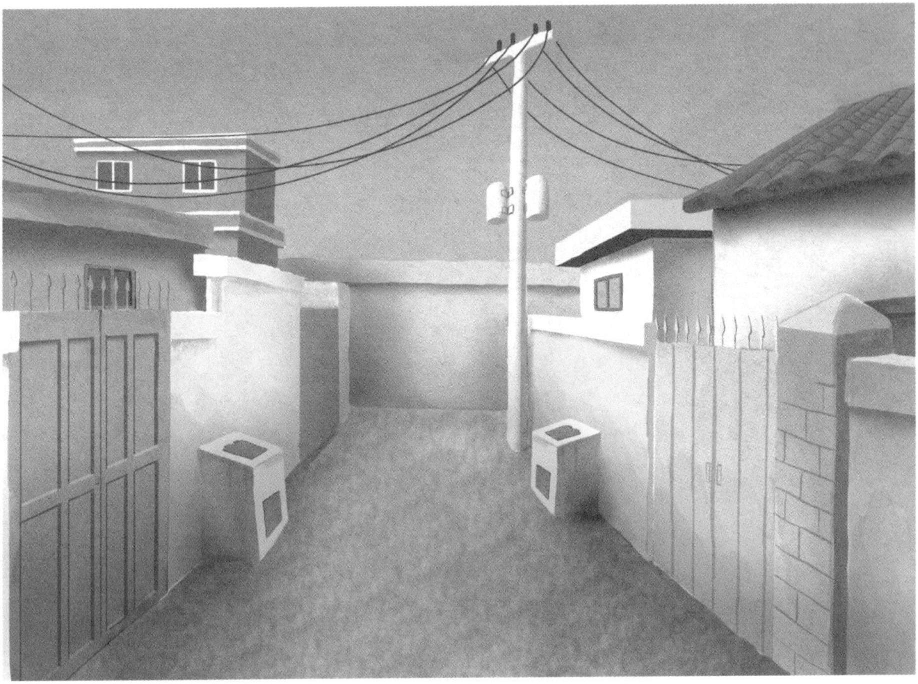

그 따뜻함이
눈물나게 그립다

등목

어린 시절 우리 가족은 한 달에 한번 월중 행사로 가는 곳이 있었다. 대중목욕탕이다. 이 주기는 집안마다 조금씩 달랐는데, 우리 집은 딱 한 달이었다. 목욕하면서 돈을 들여야 하는 이유는 집에 목욕탕이 없었기 때문이다. 있더라도 대부분 옥외에 있었다. 옥외에다 높은 장독대를 만들고, 아랫부분에 목욕탕을 앉혔다. 그렇게라도 목욕탕이 있는 집은 그나마 잘 사는 집이었다.

목욕탕이 있는 집도 흔히 온수시설은 없었다. 머리라도 감으려면 연탄불 아궁이에 커다란 솥을 올려 물을 데웠다. 그 물에 찬물을 여러 바가지 부었다. 머리 감은 물도 그냥 버리지 않았다. 그 물은 다시 빨래하는 데 재활용했고, 빨래한 물은 마당 청소에 썼다.

세탁기가 없던 시절이다. 목욕뿐만 아니라 빨래도 자주 하기 힘들었다. 옷을 지금처럼 자주 갈아입지 않았다. 여러 가지 이유로 사람들 몸에선 냄새가 났을 것이다. 영화 '기생충'에선 가난한 냄새와 부자 냄새가 있다고 말한다. 그들은 각자 다른 공간에서 살아가기에 생활 속에서 밴 냄새가 다르다. 같은 공동체 안에서는 냄새를 의식하지 못할 뿐이다. 그사이에 놓인 계단을 가로지르면 자기에게 익숙한 냄새와 다르다는 걸 비로소 알게 된다.

예전엔 사람들이 지금보다 냄새에 둔감했다. 주변 사람 몸에서 냄새가 난다면서 힘들어한 기억이 없다. 그 시절 그 장소로 가서 냄새 맡는 상상을 해봤다. 어린 나에게로 훌쩍 날아가 옆에 앉는 것이다. 그러면 아마 코를 틀어막고 소리칠 것이다.

"이 노숙자 아이는 대체 누구란 말인가."

6, 70년대로 돌아가 그들의 사는 모습을 본다는 것, 무엇보다 그들의 냄새를 맡는 것은 신기한 일이다. 그와 비슷한 일을 겪어봤다. 거의 20년 전 중국 상해에 갔을 때였다. 그곳의 가난한 사람들에게서는 퀴퀴한 냄새가 났다. 상해 겨울은 온도가 낮지는 않은데 유난히 음습하다. 집안에는 우리나라의 난방 기구인 온돌 시설이 없다. 다들 집에서 목욕 한 번 하는 게 힘들다.

어릴 때 미국 드라마를 보면 주인공이 매일 퇴근하고 나서 샤워하는 장면이 나왔다. 월례 행사를 매일 한다는 게 신기했다. 사실 대중목욕탕은 비싸서 겨울에만 갔고, 여름엔 마당에서 간단하게 등목을 했다. 지금은 사라진 목욕법이다.

목욕할 사람이 윗도리를 벗고 양손과 양발로 땅을 짚고 엎드리면, 다른 사람이 등과 목 그리고 허리께에 바가지로 물을 뿌려주는 것이다. 이때 엎드린 사람은 비명을 지르고, 물을 뿌리는 사람은 엄살 피우지 말라며 등을 후려치곤 했다.

지금도 어릴 적 등목하던 느낌이 생생하게 기억난다. 그때의 물은 지금처럼 수돗물이 아니었다. 뽐뿌(펌프)라는 기구로 지하수 물을 퍼 올린 건데, 지하수는 더운 여름엔 상대적으로 온도가 낮아서 무척 시원했다. 시원한 바가지 물세례를 받고 나서, 수박을 와작거리면서 먹으면 여름이 저만치 물러갔다.

그땐 지금보다 다들 사는 게 고달팠지만, 이런 등목 하나로도 웃음소리가 담장을 넘나들었다. 올여름은 유난히 더웠다. 에어컨 앞에서 아이스 아메리카노를 벌컥거리며 마시곤 했다. 하지만 어릴 적 펌프 물로 하던 등목과 수박 한 덩이만큼 시원하진 않았다.

시원함에는 물리적인 요소만 있는 건 아닌가 보다. 내밀한 개인의식인 목욕, 그때 느끼던 친밀감과 청량한 웃음소리가 아직도 귓가에 쟁쟁하다. 그땐 다 함께 궁핍을 이불처럼 덮곤 했다.

코로나 거리 두기로 인해 공동체 문화가 하나둘 사라지고 있다. 무엇보다 마스크로 인해 가까이에서 타인의 향기를 느끼는 일이 사라지고 있다. 그렇다고 가난한 냄새까지 모두 사라진 것은 아니다. 각종 통계를 보면 코로나 이전보다 빈부격차가 더 벌어지고 있다. 우리가 서로의 냄새를 맡지 못하는 사이에 말이다.

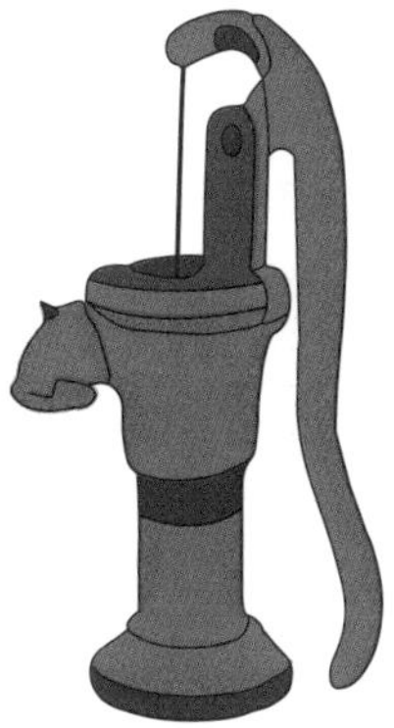

그 따뜻함이
눈물나게 그립다

나팔꽃

내가 어렸을 적 대부분 가정집은 주택이었다. 우리 집에 있던 마당과 장독대, 파란 철제 대문이 떠오른다. 우리 집은 등나무가 마당 전체를 덮고 있었는데, 내가 태어나기 훨씬 전부터 구부정한 채로 그 자리에 있었다.

등나무 옆에는 사각 지붕틀이 있어서 등나무 이파리가 계속 이어져 있었다. 그 잎은 마당 전체에 시원한 그늘을 만들어주었다. 마당 전면에는 작은 화단이 있었고, 그 화단에는 올망졸망 꽃들이 자라고 있었다. 대부분 이름 모를 빨간 꽃, 노란 꽃이었는데 간혹 이름이 있는 것도 보였다. 요즘은 보기 힘든 나팔꽃, 맨드라미, 분꽃, 해바라기 등이다. 해바라기를 제외하곤 이 꽃들은 대부분 높이가 낮았다. 어린아이가 쪼그리고 앉아서 속삭이기 딱 좋은 높이였다. 그 꽃들은 아침저녁으로 모습이 달랐다.

나팔꽃이 제일 신기했다. 해가 뜨면 피었다가 해가 지는 저녁에는 꽃잎을 닫고 고갤 숙이는 게 아닌가. 나는 꽃잎이 닫히는 시점을 알고 싶었다. 그래서 잠복근무도 마다하지 않았으나 번번이 실패했다. 이 꽃들은 어린애 모르게 일을 해치우는 듯했다.

소꿉놀이에 쓰이는 꽃도 있었다. 제일 많이 쓰이는 게 분꽃이다. 분꽃은 씨앗이 까맣고 단단했다. 그 씨앗을 모아 벽돌에 올리고 돌멩이로 밀가루 빻듯 빻았다. 그러면 하얀 가루가 얻어졌다. 그 가루를 얼굴에 분처럼 발랐다. 그래서 분꽃인가 보다 했다.

맨드라미는 꼬불꼬불 생긴 꽃잎이 미역을 닮아 보였다. 소꿉놀이할 때 미역국을 끓인다면서 칼로 잘랐던 기억이 난다. 칼로 자를 때마다 피처럼 빨간 즙이 손에 뚝뚝 묻어나곤 했다. 까슬까슬하고 두껍고, 색깔도 예쁘지 않았다.

해바라기에서는 씨앗을 얻었다. 꽃송이는 몇 개 안 되었지만, 크고 두꺼운 얼굴을 가진 해바라기에선 많은 씨앗이 나왔다. 그 씨앗을 햇볕에 말려 간식처럼 먹었다. 해바라기는 마지막까지 해를 보다가는 셈이었다.

나는 해바라기가 해를 향해 자라는 모습이 참 신기했다. 하루는 한 해바라기를 골라 얼굴 방향을 담벼락 어두운 쪽으로 돌려 보았다. 그런데 며칠 지나지 않아 다시금 해를 향해 고갤 내미는 게 아닌가. 고집이 무척 세 보였다.

이 꽃들은 향기가 없었나 보다. 추억을 떠올리면 냄새가 떠오르고 하는데, 그 꽃들에선 아무런 냄새도 떠오르지 않는다. 지금 생각해보면 색깔이 화려하거나 생김이 곱지 않았다. 맨드라미는 꽃이라고 하기엔 많이 부족해 보였다. 가을이면 길가에 한 줄로 피어나던 코스모스도 향기가 기억나지 않는다.

IMF 사태 이후 우리나라 종자 시장이 죽었다고 한다. 다국적 종자 회사가 우리나라 종자 회사를 거의 다 인수했기 때문이다. 시골에서는 농사 씨앗마저 사다 심어야 한다. 그 씨앗이 어떤 처리를 거쳤는지 알 수도 없다. 유전자 조작을 검사하는 시스템도 의심스럽다.

어릴 적 가을에 외할머니 집에 가면 마당에서 여러 가지 씨앗을 볼 수 있었다. 옥수수는 알맹이를 하나하나 따서 햇볕에 말렸다. 그 씨앗을 다음 해에 뿌릴 거라고 하셨다. 이상했다. 우리 집

마당에 있는 맨드라미나 나팔꽃은 씨앗을 받아놓지도 않았다. 물을 준 적도 없다. 땅에 거름을 준 적도, 벌레를 잡아준 적도 없다. 햇빛양을 조절하면서 막을 씌운다든가 일부러 밝게 해 준 적도 없다.

그런데도 알아서 매년 꽃을 피웠다. 꽃을 피우고 무럭무럭 자라고, 또다시 시들었다. 그 꽃들이 요즘 눈에 띄질 않는다. 분꽃이나 맨드라미꽃을 아는 아이들도 없다. 향기가 없어서일까. 그 꽃 주변엔 벌이 오지 않았었다. 아무리 척박한 땅이라도 꿋꿋이 땅을 뚫고 나오는 그 생명력, 그 수수한 외모와 소박한 향으로 매일 꽃잎을 열고 닫았다.

나는 그 꽃들에게 매일 인사를 건넸다. 특히 제일 좋아하던 나팔꽃에게 매일 아침저녁으로 인사했는데, 저녁만 되면 슬펐다. 나팔꽃이 머리를 푹 수그린 것이 마치 죽은 것처럼 보였기 때문이다. 그러다가 아침이면 언제 그랬냐는 듯이 고갤 빳빳이 드니 신기했다.

나는 이제 그 꽃들 높이를 훌쩍 넘어설 만큼 커다란 어른이 되었다. 그런데 아직도 그 꽃들이 무척 그립다. 그 꽃들이 또다시 말하는 듯하다.

"꼬마 아가씨, 안녕. 너무 슬퍼하지 마. 나는 사라지는 게 아니

야. 잠깐 고갤 숙일 뿐이지. 내일 아침이면 어김없이 꽃잎을 활짝 열어서 보여줄게. 투명한 이슬까지 그 안에 담뿍 머금고 말이야. 내일은 꽃잎도 더 커져 있을 거야."

그때마다 나는 대답했다. 나팔꽃은 트럼펫을 닮아서. 트럼펫을 부는 아저씨가 그 꽃잎에 숨어 산다고 생각했다.

"나팔꽃 아저씨, 오늘 저랑 재미있게 놀아줘서 고마워요. 내일은 제가 재미있는 이야기를 많이 들려줄게요. 아빠가 동화책을 이만큼 사 오셨거든요. 나는 이제 밥 먹으러 가요. 그런데 밥을 먹기가 너무 싫어요. 저는 그래서 오늘은 밥을 딱 한 개만 먹을 거예요. 과자랑 사탕만 먹으며 살고 싶은데 그게 안 되나 봐요. 그럼 더 씩씩하고 힘이 세질 거 같은데 말이에요. 그럼 내일 봐요. 아저씨. 내일도 꼭 살아나셔야 해요. 아저씨가 안 나타나면 너무 슬플 거 같아요."

동생들에게서 핀잔을 듣기도 했다.

"언니는 무슨, 꽃하고 말을 해?"

나에게 감성이라는 게 조금이라도 살아 있다면 그 꽃들 덕분이다. 이름 모를 꽃들, 이름이 있지만 주목받지 못한 꽃들은 마치 건강하고 연기를 잘할 자신이 있는데 아무도 캐스팅해주지 않는 무명 배우 같다.

그들이 그립다. 작은 시골 마을에 가면 가끔 눈에 띄곤 하는데 그토록 반가울 수가 없다. 천연기념물로서의 가치가 없어서 보존 대상이 되지도 못하나 보다. 하지만 내게는 우주 대스타다. 어린 꼬마에게 희망이라는 걸 가르쳐준 선생이기 때문이다.

겉으론 어른의 탈을 쓴, 사실은 한참이나 어린 나. 힘들면 그 자리에 철퍼덕 주저앉아 어리광부리고 싶을 때가 있다. 그리고는 한 아저씨를 소환하는 거다.

"나팔꽃 아저씨. 한 번만, 딱 한 번만 얼굴을 내밀어 주시면 안 될까요? 그럼, 나 다시 힘차게 달려볼게요."

그 따뜻함이
눈물나게 그립다

빨간약

어린 시절 내 무릎은 늘 상처투성이였다. 운동신경이 나빠서 조금만 빨리 달려도 바닥에 고꾸라지곤 했기 때문이다. 지금 와서 생각해 보면 평발이라서 달리기에 더 약했던 것 같다. 당시 길거리는 흙바닥이라서 한번 넘어지면 무릎에 가느다란 흠집과 큰 상처가 골고루 생겼다. 다치면 곧바로 피가 나오는 것이 아니다. 상처가 나고 조금 지나서야 피가 나온다. 그 잠깐의 시간은 내가 울까 말까 고민하는 시간이기도 했다.

아주 어릴 때는 무조건 울어버렸다. 조금 크고 나니 우는 게 창피했다. 다 큰 애가 운다고 놀렸기 때문이다. 피가 멍울멍울 나오면 그제야 울음이 터져 나왔다. 피가 난다는 건 내 울음에 정당성을 부여했다. 대신 가져오는 것이 있었다. 당시에는 지금처럼 상처 보호 밴드 같은 것이 없었다. 대신 상처 위에 바르는 빨간약이 있었다. '옥도정기'라고 부르기도 했고, '아까징끼'라고 부르기도 했다.

그 약은 바르기 전에는 시커먼 색으로 보였다. 그러나 살에 바르면 빨간색이 드러난다. 색상 때문인지 시각적인 효과가 컸다. 그 빨간약은 언제 어디서나 통했다. 그 약을 바르면 마치 요술 봉을 휘두르듯이 통증이 사라졌다. 지금 생각해보면 그 약을 발랐다고 해서 곧바로 통증이 사라진 게 아니었다. 혹시 최면 효과는 아니었을까. 여기엔 그 약을 발라주면서 호호하고 불어주던 엄마의 입김이 있었다. 그 입김이 더 해지면 마치 배가 아플 때와 같았다. 어른들이 손으로 배를 살살 문질러주면 나아지듯이 통증이 금세 사라졌다.

성인이 되고 난 후, 무릎 상처 따위와 비길 수 없는 상처들을 겪었다. 사람에게서 받은 마음의 상처, 위내시경으로 확인한 위 내벽의 상흔들, 그리고 가끔은 내 몸 전부를 훼손하려고 도모하던 나쁜 세포들, 그때마다 이 빨간약을 기억에서 소환하곤 한다. 어쩌면 그 빨간약에다가 호호 불어주던 엄마의 입김만 있으면 다 해결될지도 모른다는 희망을 갖곤 했다.

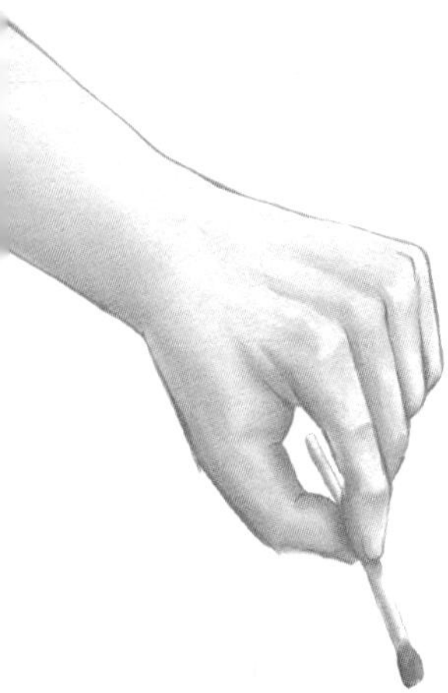

어릴 때 뛰다가 넘어져서 무르팍이 까지던 그때, 그 어리광에서 한 발짝도 나아가지 못한 나 자신을 느낄 때가 있다. 여전히 불안한 시간을 견디고 있으니 말이다. 무릎이 까졌을 때 아이들을 관찰하면 재미있는 광경이 목격된다.

즉 넘어지자마자 주위를 둘러보는 것이다. 그때 누군가가 있으면 울음을 터뜨리며 일어서지 못한다. 주위에 보는 이가 한 명도 없다고 판단되면 다르다. 그냥 툭툭 털고 일어서는 것이다. 어른이 되고 나서는 아무리 아파도 툭툭 털고 일어서야 했다.

「라이프」라는 드라마가 있었다. 부조리한 삶에서 겨우겨우 생명을 이어가는 이야기였다. 하지만 결국 용기 있는 자가 세상을 변화시켜 나갈 거라는 희망을 주었다. 거기서 「잘 지내요, 오늘도」라는 드라마 OST가 흘러나왔다.

드라마 내용도 그렇지만, '잘 지내요, 오늘도'라는 말은 어른들에게 발라주는 빨간약이 아닌가 싶다. 누군가 '호호~~' 입김까지 불어주면 더 좋으련만. 이걸로도 족하다. 그 말에는 내일은 더 잘 지내야지 하는 다짐과 함께, 설사 잘 못 지냈어도 어른이니까 참을 수 있다는, 자신을 대견스러워하는 마음이 있다.

가끔은 누가 빨간약을 가지고 내게 달려왔으면 할 때가 있다. 내 무릎에 약을 발라주면서 '호호' 입김까지 불어주는 것이다. 그러면서, "이제 안 아플 거야. 빨간약을 발랐잖니?" 하는 것이다. 그러면 언제 그랬냐는 듯, 하나도 안 아플 것 같다.

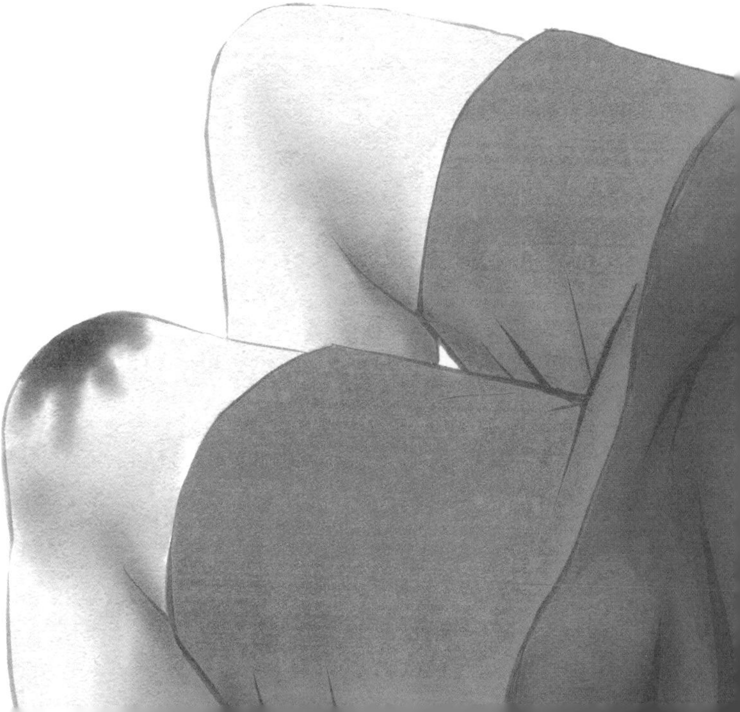

그 따뜻함이
눈물나게 그립다

장독대

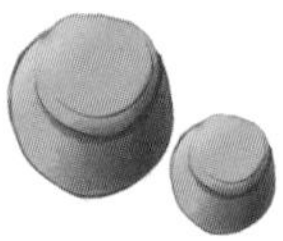

몇 년 전 경주에서 첨성대를 보았다. 직접 가서 보니 높이도 낮고 굴뚝같이 생긴 작은 탑에 불과했다. 그런 데서 무슨 별을 관찰했는지 궁금하다. 깜깜하고 높은 산꼭대기에 세워야 하지 않았을까.

당시 환경을 생각하니 이해가 되었다. 이 첨성대에서 별을 관찰하던 시기에는 전기가 없었다. 어디에 세워놓아도 다 깜깜했을 것이다. 게다가 별과의 거리를 생각하면 산꼭대기나 평지나 별 차이가 없다.

2015년 11월 6일부터 20부작으로 tvN에서 방영한 「응답하라 1988」은 시청자들의 감성을 자극하며 울고 웃게 하는 장면과 형태를 수시로 보여주었다. 남자 주인공이 형과 장독대에서 밤하늘을 바라보며 대화를 나누는 장면이다. 그들은 꿈에 관해 이야기한다. 동생은 형에게 자신이 공군 비행 조종사가 될 거라고 말했다.

그 꿈은 원래 형의 꿈이었다. 형이 건강 때문에 그 꿈을 포기하자 자신이 대신 꾸어주는 것이다. 형은 그 의도를 알고는 그럴 필요 없다고 말한다. 형제의 우애가 아름답게 보였다. 둘이 대화를 나누는 머리 위에는 수많은 별이 총총 빛나고 있었다.

드라마를 보며 어린 시절이 떠올랐다. 여름밤이면 식구들과 장독대에 돗자리를 깔고 누워서 밤이슬을 맞아가며 대화를 나누었다. 그때 하늘에서 수많은 별이 빛나고 있었다. 무척 아름다웠다. 망원경 없이도 볼 수 있던, 우리에게 아낌없이 모습을 드러내던 별들. 그 당시 장독대는 보급형 천문대였던 셈이다.

옥상에서 꿈을 이야기하는 데엔 이유가 있었다. 별을 보면서 소원을 빌면 이루어진다는 속설 때문이다. 특히 별똥별이 떨어지는 순간 소원을 빌면 실제로 소원이 이루어진다고 했다. 별똥별이 잘 보이는 곳이 장독대였으니 언젠가 나타날 별똥별을 기대하면서 자주 올라간 것이다. 또 지붕에다 빠진 이빨을 던지며 주문을 외치던 곳이 장독대다. 이때 반드시 이빨의 주인이 직접 들고 장독대에 올라야 한다. 그리고는 큰소리로 외치는 것이다.

"헌 이빨 갖고, 새 이빨 다오."

그렇게 외쳐야 예쁜 이빨이 난다고 믿었다.

높은 곳이라고는 하지만 장독대와 마당은 높이에서 별 차이가 없다. 그런데도 마당보다 장독대에 올라서 별을 보아야 했다. 마당에는 등나무에서 이어진 덩굴과 나뭇잎 차양이 뒤덮고 있어서, 하늘을 볼 공간이 없었기 때문이다. 우리 집에서 제일 높은 곳을 치자면 지붕이었다. 하지만 지붕은 기와로 되어있어서 오르기가 힘드니, 장독대에서 별을 본 것이다.

어린 내게 장독대 계단은 천국으로 오르는 계단이었다. 그곳에 오르면 집 전체를 볼 수 있고 밤에는 하늘을 가득 메운 별을 볼 수 있었다. 그 계단은 어린 내게 높이가 꽤 높았던 거로 기억된다. 한 계단을 오를 때마다 힘에 부쳤다.

바로 밑에 여동생이 있었다. 그 여동생은 남자아이 못지않은 개구쟁이였다. 힘도 세어서 장독대 계단을 일찌감치 오르내렸는데, 한 계단도 아니고 두 계단을 한꺼번에 뛰어내리기도 했다. 보기만 해도 아찔했다. 나에게는 고소공포증이 있는데 어릴 적 장독대 계단에 대한 공포에서 시작되었다.

나중에 이 층 양옥집으로 이사 가게 되었다. 이 집에서 동생은 옥상 가장자리를 양팔 벌리고 걷기도 했다. 나는 밑에서 벌벌 떨며 내려오라고 외치고, 동생은 그런 나를 비웃듯 한 발로 뛰기도 했다. 하루는 이 층 옥상에서 대문 머리 위로 훌쩍 뛰어내렸다.

그런데도 하나도 안 다치는 신출귀몰하는 아이였다. 그렇게 높은 곳을 곧잘 오르던 동생은 진짜로 높은 곳에 가고 싶었나 보다. 젊은 나이에 일찍 세상을 떠났다.

세상을 떠나기 일주일 전 동생이 나와 같이 밤에 산책하던 중이었다. 자신의 생명이 다해 감을 알고 있었는지 천천히 걷던 동생이 갑자기 깜깜한 밤하늘을 올려다보며 말했다.

"저기 저 별자리 생각나? 우리 어릴 적 장독대에서 보던 거. 언니랑 손가락으로 국자 모양을 손으로 그리면서 놀았잖아. 저 별은 참 오래 사네. 저 별은 내년에도 저 자리에 그대로 있겠지. 나는…."

동생은 더는 말을 잇지 못했다. 밤이라 참 다행이었다. 둘 다 볼을 타고 흐르는 눈물을 보이지 않아도 되었으니. 저 별처럼 우리도 오래 살면 좋겠지만. 앞으로도 별은 우리 곁에 항상 있을 테지만, 우린 그러지 못한다. 가끔 동생의 말을 꺼내어 뒷말을 잇곤 한다.

"그리고, 나는 없을 거야. 그렇겠지? 언니는 나 대신 잘 살아야 해."

이건 정말이지 너무 신파적이다.

장독대에서 빌면 진짜로 이루어질 것 같다. 그러나 장독대의 주인공인 장독이 가정에서 사라졌다. 장을 직접 담가 먹는 사람도 드물다. 가끔은 그 장독대가 있으면 좋겠다고 생각한다. 버리고 싶은 것들을 지붕 위로 휙 던져버리게. 슬픔, 후회, 미움, 고통, 그리고 그리움. 그리고 여름날 밤에는 하늘의 별을 보며 소원을 비는 것이다. 나에게 튼튼한 것들이 새로 돋아나기를 바라면서….

그 따뜻함이
눈물나게 그립다

항아리 뚜껑

예전엔 고추장, 된장을 집에서 직접 담가 먹었다. 요즘은 장을 담가 먹는 사람이 별로 없다.

장은 보관에 세심하게 신경 써야 한다. 낮에는 뚜껑을 열어 볕을 쪼이고, 저녁엔 서리를 맞지 않도록 뚜껑을 덮어주었다. 특히 눈비가 내리려 하면 항아리 뚜껑을 미리 덮어야 했다. 설령 뚜껑을 닫는 일이 늦어져서 눈비를 맞아도 괜찮았다. 해가 나면 뚜껑을 열어 한껏 볕을 쪼이면 그만이었다. 자연 소독으로 다시 깨끗한 장이 되었다.

장은 항아리에 담겨 장독대에 옹기종기 모여 있었다. 그 항아리를 관리하는 건 예로부터 여자들의 부담 내지는 권한이었다.

우리 집 항아리는 엄마가 신줏단지 모시듯 했는데, 관리 비법은 단순했다. 장 관리는 항아리 뚜껑 관리였다.

항아리 뚜껑은 무척 무거웠다. 어른들은 아이들이 깨뜨릴까봐 손도 대지 못하게 하였다. 조금 커서는 내가 항아리 뚜껑 관리 보조 역할을 도맡았다. 항아리 뚜껑을 관리하는 일은 무척 번거롭고 힘든 일이었다. 기상 변화를 일일이 신경 써야 했다.

비가 올 것 같으면 몸이 쑤신 어른들이 장독대 뚜껑을 닫으라고 하셨다. 그러면 거짓말처럼 곧바로 비가 왔다. 오랫동안 집을 비우면 어떻게 될까. 그땐 옆집이 있었다. 옆집에서는 우리 집 대문을 통하지 않고도 우리 집 장독대로 건너올 수 있었다. 장독대가 있는 우리 집 담벼락이 옆집 담벼락을 지탱하고 있었기 때문이다. 그땐 이웃끼리 이렇게 장독대 관리를 도와주었다.

코로나로 사람들과 거리를 두자니 많은 것이 드러난다.

'우리가 이렇게나 가까웠구나. 우리는 정이 참 많은 사람들이었구나.'

바이러스로부터 우리를 지키기 위해 많은 것을 막아내야 했다. 우리는 서로 그 항아리 뚜껑 역할을 해 주고 있다. 적당히 거리를 두고 걸으며 마스크로 입과 코를 가린다. 해외 유명 가수들은 콘서트 취소로 실망한 팬들을 위해 방구석 콘서트를 열어준다. 외로움이라는 비를 음악이라는 뚜껑으로 덮는다.

유럽에선 저녁마다 베란다 콘서트를 한다. 저녁을 먹고 베란다에 나와서 못 부르는 노래라도 돌아가면서 부르는 거다. 이탈 음이 나도 괜찮다. 그냥 우리가 연결되어 있다는 것만 보여주면 되니까. 인도에서는 소리 나는 타악기 등을 이용해서 소리내기 축제를 벌인다. 신나는 소음을 냄으로 정적 속에 버려진 느낌을 소음이라는 항아리 뚜껑으로 덮어준다.

반려견을 기른 적이 있다. 반려견을 보면서 부러울 때가 있었다. 예를 들어 월요일 아침에 무거운 눈꺼풀을 들어 올리고 침대를 박차고 일어날 때다. 그때 반려견은 한가롭게 누워서 놀고 있다. 그야말로 아무것도 안 한다. 그냥 먹고 자고 싼다. 그런데도 우린 강아지의 안락과 평온을 위해 간식을 사다주고 아프면 병원에 데려간다. 이유는 단 하나, 강아지와 사랑을 주고받기 위해서다. 우리도 그렇다.

우린 죽어라, 일만 하도록 태어난 게 아니다. 서로 사랑을 주고받기 위해 태어난 존재이다.

그 따뜻함이
눈물나게 그립다

이불 여밈

문득 어린 시절의 장면을 상상하면 가슴이 따뜻해진다. 뛰어놀다가 무르팍에 피가 나자 빨간약을 들고 뛰어오던 엄마나 이웃 아주머니의 모습. 그리고 부모님이 어린 자식을 위하여 이불을 여며 주시는 모습이다.

요즘은 아파트 생활이 일상이지만, 예전에는 허술하게 지은 주택에 살았다. 난방을 위해 아궁이에 연탄을 땠는데, 바닥은 뜨겁고 위는 외풍이 심했다. 아침에 일어나 보면 코가 빨갛게 얼어 있었다. 손을 내놓고 자면 손등이 텄다. 아이들은 자다가 종종 이불을 차 냈는데, 부모님들은 잠을 설쳐가면서 아이들의 이불을 여미어 주셨다.

특히, 내가 자다가 이불을 많이 찼나 보다. 아빠는 밤에도 수시로 이불 양쪽을 안으로 단단히 여미어 주고 가셨다. 그걸 지금 알고 있는 걸 보면 내가 주로 깨어 있었나 보다. 그런데도 아빠가 왔을 땐 자는 척 연기를 했다. 드라마에서 그럴 때 눈을 감고 있는 게 더 멋이 있어 보였다. 아빠도 알고 계셨다. 과장된 목소리로 이렇게 말씀하셨다.

"아유. 잘 자네. 그래도 이불은 차내지 말아야 해. 감기 걸릴라."

그때마다 막연한 위안과 보호받고 있다는 감동이 밀려들었다. 그리고 평온이 방 안 가득 고였다.

'내가 온전히 사랑받고 있구나. 아빠가 나를 항상 챙기고 계시는구나'

딸만 다섯 가진 아빠는 남들에게서 팔불출 소리를 들어가며 딸 바보를 자처하셨다. 거의 하루도 빠짐없이 아이들이 주문한 간식을 사 오신 아빠였다. 하루는 내가 사과를 사 오랬는데 늦게 퇴근하시느라 모든 가게가 문을 닫았던 모양이다. 빈손으로 집에 돌아오시는 게 마음이 무거우셨던 아빠.

'아이들이 사과를 먹고 싶다고 했는데.'

아빠가 생각해 낸 것은 추운 겨울이었는데도 우리가 잠들면 집에 들어오시는 거다. 그때까지 우리는 설렘으로 눈을 말똥거리며 자정이 넘도록 아빠를 기다렸다. 아빠는 엄마가 그냥 들어오라고 하셨는데도 우리가 잠들 때까지 대문 밖에서 떨고 계셨다.

지금도 그 일을 생각하면 아빠가 우리를 얼마나 사랑했는지 알 것 같다. 어린아이들과 한 약속을 지키지 못해 미안해하는 아빠. 어쩔 줄 모르는 모습은 내게 '아빠'하면 떠오르는 대표적인 표정이다. 덕분에 나는 평생 마음을 잘 챙기며 산다.

언젠가부터 나에겐 여미어 주어야 할 대상이 생겼고, 내가 여밈을 받기는 힘들게 되었다. 이제 이불 여미어 줌이야 필요 없지만, '마음 다잡아 줌'은 눈물겹도록 그립다. 그리고 아빠가 밤새 이불을 여미어 주던 시절, 그 따뜻함이 여전히 내 세포 속에 살아 숨 쉬는 걸 느낀다.

그 '여밈'은 밈(DNA에 빗대어 말하는 문화적인 전달물질)에 의해 전달되어 이제 우리 아이들이 받는다. 난방이 잘 되어있는 요즘은 이불을 여미어 줄 일이 없다. 그런데도 밤에 잠을 자는 아이들 방에 슬며시 들어간다. 불을 켜고 자지는 않는지, 이불을 차 내진 않는지 살펴본다.

어제는 딸아이가 밤새 기침하는 소리가 들렸다. 아이가 기침 한번 할 때마다 가슴이 쿵 하고 내려앉았다. 기침 시럽을 먹여보고 가습을 하고. 그래도 기침이 멈추지 않아서 한숨을 내쉬다 방을 나오려는데, 자는 줄 알았던 딸아이가 양팔을 올리며 힘없이 말한다.

"엄마. 안아줘."

이때 딸아이를 안아주면서 아빠가 이불을 여미어 주실 때 느꼈던, 위안과 감동 그리고 평온이 다시 찾아왔다. 그리고 속으로 중얼거렸다.

'이제 나도 누군가를 여미어 주고 있구나.'

4장

그 시절 놀거리

| 달고나 | 땅따먹기 | 구슬치기 | 텔레비전 |
| 종이 인형 | 순이야 노~올자 |

그 시절
놀거리

달고나

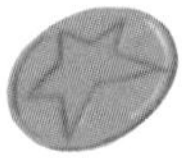

어릴 적 동네 골목마다 달고나 좌판이 있었다. 가격은 한 국자에 5원이었다가 나중에 10원으로 인상되었다. 달고나값 인상은 당시 고속 인플레이션을 고려한다 해도 너무했다. 하지만 돈이 없어도 구경꾼 자격으로 그 판에 낄 수 있었다. 이때 연탄 화로를 중심으로 둥그렇게 모여든 모습이 김홍도의 씨름판 그림 같았다.

달고나 제작 과정은 그 자체로 하나의 공연이었다. 주문이 들어오면 물속에 담가놓았던 찌그러진 양은 국자를 꺼낸다. 먼저 연탄불에 국자를 올려놓고는 누런 설탕 한 수저를 넣는다. 이때부터 뜨거운 불 위에서의 용틀임이 시작된다. 설탕이 녹고, 끓어, 졸아들며 국자 가장자리에 있던 설탕이 가운데로 미끄러져 들어간다. 이때 젓가락으로 휘저어주면 설탕이 짙은 갈색으로 변한다. 설탕이 까매지기 직전, 이때가 이 판의 백미다.

소다가 설탕에 무슨 짓을 한 건지 모르겠다. 갈색이 순식간에 뽀얀 색으로 변하면서 거품처럼 부풀어 오른다. 이때야말로 노련한 손놀림이 필요하다. 국자에서 설탕이 흘러넘치지 않게 철판에 뿌려 펼치기 기술을 시전한다. 타이밍이 조금만 빨라도 안 되고, 조금만 늦어도 설탕이 국자 밖으로 흘러넘쳐 국자 안에는 거의 남지 않는다.

모양과 색깔이 완전히 변한 설탕물, 그 위에 둥그런 쇠 누름 판을 누른다. 동그란 모양의 달고나가 아직은 말랑말랑하다. 그 위에 재빨리 각종 모양의 쇠틀을 찍는데, 그 부분이 반쯤 잘리면서 떼어내기 좋은 상태로 변한다. 곧이어 달고나 전체를 철판에서 조심스레 떼어낸다. 납작한 원형 그대로 잡고, 열기를 식혀서 달고나 주인에게 준다. 이때 달고나 주인이 모양 그대로 따오면 달고나 하나를 더 얻을 수 있다. 편의점 원 플러스 원과 같다.

달고나 판에는 다양한 재밋거리가 있었다. 달고나 하나를 덤으로 주는 건 모양 따내기가 가장 쉬운 것이었고, 모양이 좀 더 복잡한 건 상금까지 걸려있었다. 달고나 가게마다 다르긴 해도, 가장 난이도가 높은 별 모양은 상금이 50원이었다. 상금이 탐났던 아이들은 별 모양 따기에 너도나도 도전했다. 별 모양을 따 보겠다고 용돈을 마구 사용했다.

별 모양의 달고나는 하늘의 별처럼 우리 손에 잡히지 않았다. 이번엔 성공인가 싶다가도 어느 순간 한쪽이 뚝 부러지곤 했다. 작고 뾰족한 다섯 개의 삼각형 끝을 어떻게 종이처럼 오려내나. 달고나를 오리는 아이들에게선 검투사의 눈빛과 결기가 있었다. 마치 돈키호테가 번쩍거리는 긴 칼로 무장하고 풍차를 향해 덤벼들 듯했다. 얇고 부서지기 쉬운 존재를 상대로 말이다.

그 전투장은 회전율이 낮았다. 무엇보다 달고나 한 국자를 만드는 데 시간이 오래 걸렸다. 대용량 냄비로 만들고 달고나 한판에 여러 개 찍어서 팔아도 될 것을 말이다. 달고나 좌판을 설치한 주인장은 손님을 유인하기 위해 욕심을 내지 않았다.

돈이 없어 온종일 구경만 하는 아이들을 무어라 하지 않았다. 게다가 이 손님들은 일찌감치 맨 앞줄에 쭈그리고 앉았다. 하지만 뭐니 뭐니 해도 이 판에선 10원짜리를 가져야 VIP 취급을 받았다. 아무리 특별석에 있던 아이라도 동전을 가진 고객이 등장하면 슬쩍 어깨를 비틀어 비켜 주었다.

그 속에서 달고나 아주머니를 공포에 떨게 한 존재가 있었으니, 나보다 세 살 많은 사촌 언니였다. 당시엔 먹기 위해서보다 모양 뽑기를 하기 위하여 달고나를 하는 아이들이 많았다. 사촌 언니는 어려운 별 모양도 몇 번이나 성공했다. 사촌 언니에겐 특급 비법이 있었다. 늘 비법이 궁금했던 나는 혈연을 활용해서 비법을 가르쳐 달라고 졸랐다.

어느 날 언니가 내 귓속에다 조심스레 영업 비밀을 풀어주었다. 이제 드디어 두 명이 된 것이다. 달고나 뽑기 비법의 도사와 그 비법을 알고 있는 자. 사촌 언니가 가르쳐준 비장의 무기는 바로 집에 있는 바늘이었다. 모양을 바늘로 정교하게 쪼아대었다. 가장 난도가 높은 별의 끝은 손가락에 침을 묻혀서 조금씩 녹여냈다. 하지만 아무리 뛰어난 비법도 기술이 따라주지 않으면 무용지물이었다.

50원이라는 비현실적인 상금을 보면, 아주머니는 별 모양을 아무도 성공하지 못할 거라 생각했나 보다.(당시 50원은 어린아이들에게 꽤 큰 돈이었다.) 큰 상금으로 고객을 모으는 데는 성공했다. 하지만 그걸 진짜로 뽑아오는 아이가 있을 줄이야. 아주머니는 사촌 언니가 별 모양까지 접수해버리자 꼼수를 발휘하셨다.

달고나 틀은 끝이 열려있었다. 아주머니는 별 모양 철판 끝을 더 오므렸다. 슬롯머신 조작행위와 비슷하다고 할까. 별 모양의 끝을 더 가늘게 만들었고, 그러면 모양 따내기가 훨씬 어려웠다. 이에 달고나 신은 포기했을까. 아니다. 시간이 좀 더 걸리긴 했지만, 결국 성공했다. 그녀에게 불가능은 없었다.

그러자 아주머니는 사촌 언니가 달고나 판에만 다가오면 기겁했다. 나중엔 언니가 골목에서 모습을 드러내면 부리나케 다가가서 협상했다. 제발 다른 동네로 가라면서 다른 아이들 안 보이게 10원짜리를 언니 손에 쥐여주는 것이다.

달고나 신은 통 크게 수락했다. 그 후 동네마다 비상이 걸렸다. 언니 이름이 블랙리스트에 올랐나 보다. 사촌 언니가 나타나면 달고나 아줌마들의 얼굴이 하얗게 변했다. 그 후로 언니는 전설이 되었다. 우리에겐 그저 부러울 뿐이었다. 그녀 주위엔 범접 못할 광채가 맴돌았다.

종종 달고나가 생각난다. 머릿속에 딱 몇 가지만 기억해야 한다면, 나는 가장 먼저 '달고나 판'을 고를 것이다. 달고나 판을 풍경 그대로, 냄새까지 통째로 넣어두겠다. 내 기억 저편에 고이 재워둔 달고나 판. 구경만 해도 누가 뭐라지 않던, 우리 가난했던 놀이판의 풍경을. 길바닥 흙냄새에 비벼진, 달큼한 울렁거림을.

왜 어릴 적 추억하면 코끝에 달고나 향부터 나는지 모르겠다. 아이들이 단것을 좋아하는 것과 관련이 있는지도 모르겠다. 동네 구멍가게도 달큼한 향으로 기억되니 말이다. 아니, 오히려 어른이라서 그런 건지도 모른다. 늘 시고, 쓰고, 짜고, 매운 것들에 둘러싸이니 말이다. 그때마다 머릿속 서랍을 열어 달디단 풍경 속으로 냉큼 달려가는 건 아닌지.

그 시절
놀거리

땅따먹기

뉴스에서 부동산값 폭등 이야기가 나오고 있었다.

"어릴 적 땅따먹기로 따 먹은 땅을 가지고 있었으면 지금 내가 큰 재벌이 됐을 텐데."

남자 동창생의 유쾌한 농담이지만, 슬프다. 어린 시절이 지난 이후, 세상 풍경이 너무 달라졌다.

어릴 적엔 동네마다 공터들이 넘쳐났다. 공터는 우리에게 공짜 놀이터였다. 오후 시간 공터에는 학교가 파한 아이들로 붐볐다. 다들 배고픈 줄도 모르고, 저녁 먹으라고 엄마가 데리러 오기 전까지 뛰어놀았다. 아이들이 놀려면 바닥이 필요했고, 그 놀이엔 도구랄 게 필요 없었다. 기껏해야 부모님 속옷에서 몰래 빼 온 고무줄 등이다. 여자아이들은 시커먼 고무줄을 누덕누덕 묶어서 만든 긴 고무줄로 놀이를 했다. 또 바닥에 나뒹구는 돌멩이들을 가지고 공기놀이를 했다.

장난감을 산다는 건 호사였다.

우리 몸으로 하는 다양한 놀이가 있었다. 고무줄놀이, 공기놀이, 다방구, 말타기 놀이, 숨바꼭질, 땅따먹기, 구슬치기, 무궁화 꽃이 피었습니다. 등. 그때 아이들이 자주 했던 놀이가 땅따먹기다. 이 놀이는 다른 놀이에 비해 너른 면적이 필요했다.

땅에 사각형을 그리고, 각 귀퉁이에 한 명씩 자릴 잡고 앉아 게임을 시작한다. 게임 도구는 각자 던질 작은 돌멩이 하나가 전부였다. 손바닥 뒤집기로 순서를 정하고 나면, 자기 순서가 된 사람이 엄지와 검지로 작은 돌멩이를 흙바닥에서 튕긴다. 그 돌멩이는 곧 포물선으로 날아가서 땅에 떨어진다. 이때 돌멩이가 떨어진 자리에 첫 번째 점을 찍는다. 이 점을 출발점과 연결하면 첫 번째 선이 만들어진다. 이 점을 출발점으로 하여 다시 두 번째로 돌을 튕겨서 떨어지면 첫 번째 지점과 직선으로 그어서 잇는다. 마지막으로 세 번째 돌멩이를 튕기는데, 이땐 원래 자리로 돌아와야 한다.

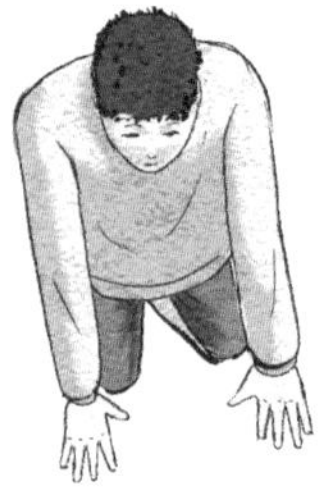

그 결과 얻어진 사각형 안쪽이 자기 땅이 된다. 돌멩이를 튕기는 손가락 힘은 아이마다 천차만별이었다. 힘이 세다고 무조건 좋은 게 아니었다. 그보다는 힘 조절이 필요하다. 즉 처음 돌멩이를 튕길 때 너무 멀리 가면 안 된다. 이는 두 번째 튕길 때까지도 눈치채지 못한다. 세 번째에서 늘 문제가 생긴다. 홈그라운드로의 복귀가 힘들기 때문이다.

무엇보다 시야가 넓어야 하고, 방향 설정을 잘해야 한다. 중간에 포기하는 아이도 있다. 자기 땅이 모두 맹지(사방이 막혀서 길이 없는 땅)가 되어버리는 경우다. 주변 친구들이 의도적으로 자기 땅을 가로막으면 앞으로 가고 싶어도 갈 수가 없다. 남의 땅을 가로막는 친구는 대부분 상습적이다. 자기 땅을 넓히는 일보다 남의 땅을 가로막는 게 승부를 내기 훨씬 편하기 때문이다. 급한 마음에 빨리 승부를 내고 싶어서다.

안타까울 때도 있다. 첫 번째 돌멩이는 멀리 나갔지만 두 번째는 조금만 나간 경우다. 그러면 좁은 땅을 갖게 된다. 진짜 운이 나쁜 경우는 따로 있다. 첫 번째, 두 번째 돌멩이는 멀리 나갔는데, 세 번째 돌멩이가 엉뚱한 데로 튕기는 경우다. 결과적으로 헛고생만 한 셈이 되었다.

최악의 경우는 처음부터 손가락이 빗맞는 경우다. 이때는 땅이고 뭐고 체면이 말이 아니다. 헛스윙만 남발하니 친구들이 아예 선수 교체를 들먹인다. 승부를 위해선 어쩔 수 없다. 슬프게도 내가 마지막 경우였다. 나는 눈과 손가락 신경들이 자기주장이 강했다. 돌멩이는 늘 빗맞았고, 어쩌다 맞아도 겨우 내 코앞에 떨어졌다.

팀 내 에이스, 즉 잘하는 아이는 운동신경도 좋고 손가락 힘도 좋으며, 시야도 넓고 장단기 계획을 세워 경기에 임했다. 즉 첫 번째 돌을 튕길 때부터 넓은 땅을 향해 각도를 구상한다. 이 놀이에서 가장 중요한 단계는 두 번째 돌이 날아갈 때다. 첫 번째 돌이 날아간 곳과 잘 연결되어야 하고, 세 번째 돌이 들어오기 좋은 동선을 확보해야 한다. 간혹 첫 번째 돌멩이부터 똥폼을 잡고 멀리 보내는 아이가 있다. 이런 아이는 대체로 초보다. 무조건 멀리 나가면 좋은 줄 안다.

이때 노련한 승부사들이 등장하곤 한다. 영악하기까지 한데, 게

임 초짜들의 허영심을 부추기는 것이다. 보통 다른 동네에서 이사 와서 이 동네 놀이를 잘 이해 못 하는 아이들이다. 동네마다 놀이 종류가 달랐고, 같은 놀이도 규칙이 약간씩 달랐다. 신참은 무조건 동네 토박이들의 게임 규칙을 따라야 했다. 이때 튀어 보이고 싶고, 빨리 아이들과 친해지고 싶은 신입의 순수함을 이용한다.

“이야. 대단한 데. 어떻게 그렇게 멀리 보낼 수 있니? 꼭 육백만 불 사나이 팔 같다.”

그 당시 ‘육백만 불 사나이’라는 드라마가 유행이었다. 주인공은 사고로 신체 일부를 잃었고, 로봇 기술로 팔을 이식해서 괴력을 발휘했다. 그 당시 남자아이들에게 영웅이었다.

초짜는 더욱 우쭐해진다. 두 번째 돌은 더 멀리 보내는 것이다. 돌이 무조건 멀리 가면 좋은 줄 알았다. 하지만 그게 아니었다. 마지막 돌멩이가 홈으로 무사히 들어가면 그나마 좁은 땅이라도 갖지만, 무리하면 쫄딱 망한다.

‘아씨. 너무 멀리 왔어.’

멀리만 가면 좋은 줄 알았더니 그게 아니었다. 초짜들의 설익은 욕심은 늘 화를 불렀다. 야바위꾼들이 보내는 환호에 으쓱해서다. 멀리 보내기만 하면 절대로 도형이 만들어지지 않는다는 것. 이는 기하학을 안 배워도 몸으로 알 수 있는 산지식이었다. 곁에서 응원하면 이런 꼼수가 보인다. 단 구경을 할 때 만이다. 직접 참여하면 달라진다. 눈앞의 이익에 취해서 전체 그림을 못 본다. 자기를 향한 박수와 환호가 야속해진다.

'나랑 친하면서, 어쩜 땅이 안 되는 줄 알면서도 좋아해 주는 척을 했을까?'

하지만 한 판 망했다고 해서 세상이 끝나지는 않았다. 한판이 끝나면 사각형 안쪽을 지우고 다시 시작하면 되었다. 대개 두 번째 판부터 욕심을 조금씩 걷어내게 된다. 첫판에서 했던 실수를 다시 하지 않으려는 것이다. 또 실수해도 상관이 없다. 그다음 날이 있으니까. 그날 놀던 자리는 발로 문질러서 원래대로 돌아갔다. 땅은 언제나 그 자리에 있었다.

당시엔 동네마다 직업적인 놀이꾼 아이들도 있었다. 그 아이들은 뭐든 척척박사였다. 땅따먹기하면 동네 땅을 다 따 먹었고, 구슬치기나 딱지치기를 해도 판을 싹쓸이해버렸다. 재벌도 부럽지 않았다. 당시엔 중고 구슬이나 딱지를 돈으로 사고팔았기 때문이다.

놀이를 잘하는 아이는 '놀이 사슬 그물'에서 최상위 포식자였다. 그 동네에 있는 딱지나 구슬을 다 접수하고 나면, 여전히 배고

프다는 식으로 옆 동네까지 원정 갔다. 그렇게 해서 집안에 산더미처럼 전리품을 쌓아나갔다. 딱지나 구슬을 신품으로 살 때보다 싸게 팔기도 하고, 먹을 것이나 다른 것들로 물물 교환하면서 부를 확장해 갔다. 그 아이들을 이겨보겠다면서 덤비는 아이들은 어마어마한 용돈을 갖다 바쳤다. 붙었다 하면 빼앗기는 게 불을 보듯 뻔한데 말이다.

몇 년 사이 부동산값이 폭등했다. 부동산 열기를 방송할 때 꼭 나오는 말이 있다. 한 사람이 수백 채의 아파트를 소유하고 있다는 이야기다. 부동산 열기는 한번 시작되면 멈출 줄을 모른다. 인간의 욕심은 끝이 없다. 서민들은 평생토록 직장 생활을 해도 집 한 칸 장만하기 힘들다. 어쩔 수 없이 결혼이나 연애마저 포기한다.

수백 채 아파트를 소유한 사람은 어릴 적 땅따먹기를 잘했을까. 그때나 지금이나 '땅따먹기 신'은 힘 조절을 잘한 것이다. 또 앞으로 어디가 오르는지 방향을 잘 알았다. 그 전엔 다양한 놀이로 딱지나 구슬도 많이 땄을 것이다. 나처럼 놀이 실력이 없는 사람은 그저 부러울 뿐이다.

딱지 왕이나 구슬치기 왕 중에 기억나는 아이가 있다. 자신의 기술이나 비법을 친구들에게 알려주던 아이였다. 또 자기 구슬을

그 시절
놀거리

구슬치기

재능 나눔에 관해 수업했다. 누구나 남에게 줄 것이 있고, 돈이 아니더라도 가능하다는 말을 곁들였다. 시간을 준 후 각자 가지고 있는 재능을 앞에 나와서 소개하는 시간을 가졌다. 그러자 아이들은 다양한 재능을 선보였다. 3년간 배워 온 손 글씨를 알려주는 학생, 인기 만화 캐릭터 눈을 잘 그리는 학생 등등. 앞에 나와서 직접 윗몸일으키기를 50번이나 한 학생도 있었다.

그중에서도 특히 '공기의 신' 남학생이 신선했다. 아이들의 열광적인 환호 속에 앞에 나온 그 남학생은 공기 시범을 보이기 시작했는데, 특히 꺾기를 잘해서 금세 50년(공기놀이 점수 환산치)을 훌쩍 넘어섰다. 그대로 계속하다가는 끝이 나지 않을 것 같았다.

또한, 팔 굽혀 펴기를 잘하는 여학생이 나와서 시범을 보이기도 했다. 체력이 좋은지 남학생들도 하기 힘든 팔 굽혀 펴기를 아무렇지 않게 해낸다.

요즘 아이들이 노는 모습을 보면 남녀 구분이 되지 않을 때가 있다. 6학년 남학생들이 복도에 앉아 옹기종기 공기놀이를 하는 모습이 자주 눈에 띈다. 그때 남학생들이 하는 말은 여학생들이랑 다를 게 없어 보인다.

"야. 너 살짝 건드렸어."

"아냐."

피식 웃음이 난다. 내 어린 시절에 볼 수 없던 광경이다. 그때는 남녀 놀이가 달랐다. 여자애들은 공기놀이, 고무줄놀이. 남자애들은 딱지치기, 구슬치기 등으로 말이다. 특별히 남자 놀이 중 탐나는 것이 있었다. 구슬치기였다.

구슬은 생김부터가 남달랐다. 유리로 만들어져 묵직한 무게감을 가지고 있고, 동글동글 모양도 예뻤다. 유리구슬 속에는 작은 공기 방울이 보였는데 그 자체로 신비해 보였다.

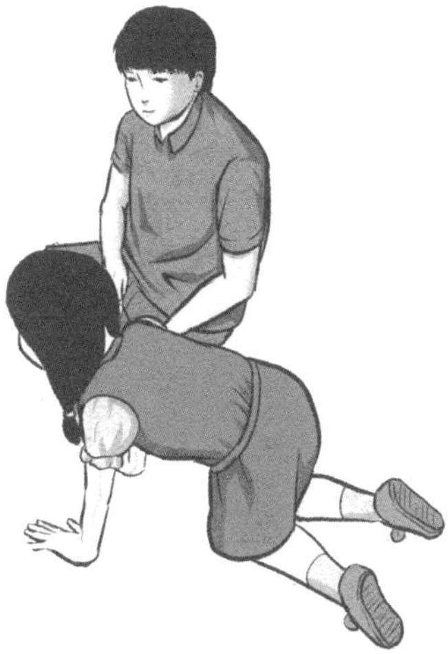

색색의 줄무늬가 회오리처럼 감겨 있었다. 그 무늬가 마치 마법사가 주문을 외울 때 치는 번개처럼 보이기도 했다.

그 특별한 기구들을 가지고 다니는 남자아이들은 특수임무 수행원처럼 굴었다. 마치 CIA 요원같이 눈빛을 번득였다. 특히 땅바닥에 엎드려 한쪽 눈을 감고 구슬을 겨눌 때가 그랬다. 비밀 요원이 적을 표적 사격할 때처럼 번득였다. 이 놀이는 엄지와 중지를 동그랗게 만들어 자기 구슬을 쳐서 상대 구슬을 맞추면 그 구슬을 전리품처럼 가지는 것이다.

구슬을 많이 딴 아이들은 돈을 받고 아이들에게 팔기도 했다. 원래 산 가격보다 싸게 팔았지만, 아이들 세계에선 재산 가치가 상당했다. 공부 안 하고 구슬치기만 하다가 엄마에게 걸려서 혼이 나는 경우도 많았다. 그땐 숨겨둔 구슬을 엄마가 몽땅 내다 버리는 참사가 일어났다. 얼마나 오랫동안 피땀 흘려서 벌어놓은 재산인데 말이다.

우리 동네에 '구슬치기왕'이라 불리는 남자아이가 있었다. 그 아이는 구슬치기에 있어서 백전백승이었다. 손끝이 야무지고 집중력이 좋은지 모든 구슬을 따먹었다. 그 아이가 구슬을 넣어서 다니는 누런 봉투는 대기업 총수의 방탄 금고였다.

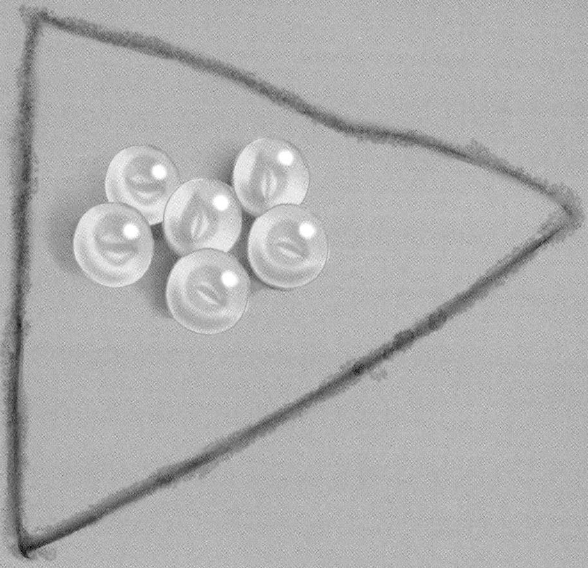

작은 소망이 있었다. 구슬치기 대열에 한번 끼고 싶었다. 여자아이들이 하는 소꿉놀이나 인형 놀이, 고무줄놀이는 구슬치기에 비하면 시시해 보였다. 소꿉놀이는 지금도 결사반대다. 어차피 커서 지겹도록 집안 살림을 할 텐데, 무엇 하러 어릴 적부터 연습해야 하는지. 또 아기 돌보기를 굳이 인형으로 실습할 일이 있는지. 하지만 남자애들은 여자아이들을 절대 끼워주지 않았다.

"여자가 끼면 재수 없어."

같은 동네에 살고 같은 학교에 다니는데도 이런 말을 서슴없이 했다. 그래서 한동안 구슬치기를 구경하면서 남자애들 주변을 맴돌았다. 그러면 남자애들은 무슨 비밀 요원 회의하듯 등을 돌리고는 했다. 지금 생각해도 기분 나쁘다. 구슬치기할 때의 그 매서운 눈빛과 손가락 튕김을 경험해 보고 싶었는데 말이다.

나중에는 그 호기심이 '바둑알 까기'로 옮겨갔다. 알까기는 구슬치기 규칙과 비슷해서 좋았다. 구슬치기는 남자들의 성역처럼 보였지만 바둑은 그나마 합법이었다. 여자아이들은 바둑알 까기보다는 공기놀이를 더 좋아했다. 그래서 놀 상대가 없었던 나는 나랑 동갑내기인 남자 사촌과 종종 대결을 벌였다. 사촌은 우리 집 바로 뒷집에 살고 있었다. 그동안의 설움 때문에 이 바둑알 까기를 혼자서 열심히 연구했다. 결국 나중엔 꽤 잘하게 되었다. 그러다 나중에는 오목으로 발전했다. 비슷한 느낌이어서인지 구슬치기에서 바둑 알까기, 오목으로 옮겨간 셈이다.

지금 생각해보면 구슬과 바둑알이 무슨 차이였는지 모르겠다. 단순히 구슬치기에 대해 동경보다는 성차별에 대한 반발이 더 컸던 것 같다. 한때는 '구슬치기의 변형'인 포켓볼에 빠졌다. 시대의 흐름을 사소한 것에서 느끼는 순간이 있다. 아이들이 주로 하는 놀이문화를 볼 때다.

점점 남녀의 역할 구분이 사라지는 추세다. 아이들의 놀이문화도 그렇다. 반가운 일이다. 누가 아는가. 어린 시절 내가 구슬치기를 했다면 우리 동네 '구슬 갑부'로 등극했을지. 구슬치기가 의외의 소질로 연결되었을지.

그 시절
놀거리

텔레비전

여섯 살 무렵 내 영혼은 점점 쇠락해가고 있었다. 어떤 문제를 끌어안은 것 때문이다. 내가 네 살 무렵만 해도 텔레비전이 있는 집은 드물었다. 당시 텔레비전 가격이 무척 비쌌다. 그때 우리 집은 서울 강북구 삼양동에 있었는데 주변엔 주로 가난한 서민들이 살았다. 어느 정도로 가난했냐면 대부분의 구매 행위가 고작 10원 단위로 이루어졌다. 5원어치 콩나물을 사 오라는 말은 당시 엄마들이 많이 시키던 심부름이었다. 내 기억에 50원짜리부터는 큰돈이었다. 그래서 그런지 50원은 종이돈이었다.

하루는 방앗간에 사람들이 모여서 시끌벅적했다. 다가가서 보니 어떤 사람이 100원짜리 지폐를 주고 거스름돈을 거슬러 간 것이다. 그러자 주인은 사람들을 불러 모아 구경시켜주었다. 그 종이돈을 양손으로 반듯하게 펴서 보여주던 주인의 모습이 생생하다.

우리 동네에서 유일하게 텔레비전이 있는 집이 있었다. 주인이 무슨 일을 하는 사람인지는 기억나지 않는다. 당시엔 TV라고 하거나 텔레비전이라고 하지 않았다. 유식한 사람은 정식 이름(텔레비전 수상기)으로 부르거나 서민들은 '테레비'라고 불렀다.

요즘은 TV 화면이 점점 커지고 있는데 화면을 크게 보기 위해서다. 무게나 두께는 날로 적어지고 있다. 그땐 TV가 무척 무거웠다. 크기는 작은 옷장만 하고, 무게는 어른 두 명이 들어야 했다. 양쪽에는 스피커가 달려서 귀를 갖다 대면 웅웅 소리가 났다. 그 신기한 물건 안에는 사람들이 자주 보였다. 종일 나오는 건 아니었다. 저녁 6시인가 시작되어 12시에 끝났다. 열 두 시만 되면 웅장한 반주에 맞춘 애국가가 울려 퍼지면서 화면이 자동으로 꺼졌다.

황금시간대도 있었다. 저녁 7시쯤이었는데, 주로 드라마가 나오는 시간이었다. 아니면 구봉서나, 배삼룡 아저씨가 나오는 「웃으면 복이 와요」나 최불암 아저씨가 반장으로 나오는 「수사반장」이 나왔다. 그 시간대에 동네 사람들은 텔레비전이 있는 집으로 우르르 몰려갔다. 그런데 너무 몰려와서 그랬나. 아니면 일찍부터 상영권이나 시청료 개념이 자리 잡은 건가. 주인이 관람료를 받았다. 꽤 비쌌다. 1원이나 2원 정도였다. 돈이 없으면 마당에 서서 화면은 못 보고 그저 듣기만 했다. 라디오가 일상이던 때라 그것도 감지덕지했다.

하루는 「수사반장」을 보다가 엄마가 데리러 와서 금방 집을 돌아가게 된 아이가 있었다. 그러자 아이가 돈을 돌려달라고 했다. 하지만 주인은 치사하게도 한번 받은 돈은 돌려주지 않았다. 대신 다음번에 오면 1시간 공짜로 보여주겠다고 했다.

여섯 살 무렵에는 우리 집도 텔레비전을 들여놓았다. 그 이후로는 저녁에는 가족 간에 얼굴을 바라보는 일이 드물었다. 모든 사람의 시선이 안방에 있는 텔레비전을 향했다. 다들 그 기기에 홀딱 빠졌다. 나는 빠지다 못해 연구 대상으로 삼기에 이르렀다. 모든 게 신기했다. 어떻게 네모 상자 안에 그 많은 사람이 들어갈 수 있는지.

작은 머릴 굴리고 또 굴렸다. 동화 『걸리버 여행기』를 참고한 듯하다. 소인국 사람들이 그 상자 안에 살고 있을 거라 믿었다. 그런데 어느 날 보니 그 소인국 인들이 음식을 먹는 장면이 나온다. 그들도 요리를 한다는 말이다. 또다시 고민에 싸였다. 그래서 그들도 장을 본다는 새로운 결론을 내렸다.

궁금함을 해소하고 싶었다. 텔레비전 뒤로 가서 그들이 드나들 만한 곳이 있나 살펴보았다. 그러자 주먹만 한 구멍 하나가 보였다.(지금 생각하니 기계가 열 받았을 때 열기가 빠져나가도록 뚫어놓은 구멍 같다.)

그동안 그 구멍 안으로 사람들이 드나들었을 모습을 생각하니 왠지 모를 배신감이 몰려왔다. 그럼 그렇지. 내가 안 보는 사이에 일을 벌여왔구나, 하고 잠복근무라도 해야 했다. 하루 중 내가 그 구멍을 쳐다볼 수 없는 시간은 딱 두 경우밖에 없었다. 밤에 잠을 잘 때와 엄마와 함께 시장에 가는 경우다. 그런데 시장을 따라가면 호떡 같은 걸 얻어먹을 수 있었기 때문에 도저히 포기할 수 없었다. 그래서 밤샘 근무를 택했다.

하루는 부모님이 잠자릴 봐주고 나가실 때까지 자는 척했다. 그리고 임무 수행을 위해서 곧 눈을 떴다. 현장을 덮치기 위해서였다. 한 시간이나 버텼을까. 하지만 다음날 눈을 떠 보면 매번 작전 실패했음을 알고 통탄했다. 스스로 합리화했다. '어차피 밤엔 장을 못 보잖아. 그러니 낮에 들락거릴 게 뻔해. 그래서 시장에 따라가는 걸 과감히 포기했다. 엄마는 의아해했다. 아무리 아파도 따라가던 애가 웬일이지, 하신 듯하다.

달콤한 간식을 포기했건만, 종일 아무 일도 일어나지 않았다. 내가 상상했던 장면은 현실과 달랐다. 내 계획은 제법 꼼꼼했다. 내가 눈을 부릅뜨고 있으면 그들이 못 올 것이다. 그러니 옆방에 잠시 갔다 오는 거다. 그러면 작은 사람들이 몰래 들어오다 나랑 눈이 마주칠 것이다. 그들은 무척 무안해하면서 어색하게 씩 웃는다. 그 작은 검지를 입에 대고, '쉿' 하는 몸짓을 한다. 다른 식구들에게는 절대로 말하지 말라는 뜻이다.

결과적으로 나의 계획은 물거품이 된 것인가. 고민 끝에 부모님께 그동안의 과정을 털어놓았다. 꽤 심각한 표정이었을 것이다. 아빠가 나에게 말씀해주셨다. 그들은 소인국 사람들이 아니라 우리와 같은 사람들이라고. 사진을 찍어서 전기로 보내주는 거란다.

"전기로 보내 준다고? 어떻게 사람을 전기로 보내지?"

새로운 사실에 충격을 받은 나는 계속해서 꼬치꼬치 물어보았다. 그러자 전깃줄을 가리키셨다. 그 속에 전기가 통하면 텔레비전이 작동하는 거란다. 아빠도 그 이상 설명하긴 힘들었을 것이다.

하지만 내 머리는 더 아파 왔다. 또 상상의 나래를 폈다. 큰 몸집의 사람들이 국수처럼 몸을 돌돌 만다. 그리고 차례차례 그 전선 줄 안으로 들어가는 장면이었다. 그 일은 더 힘들어 보였다.

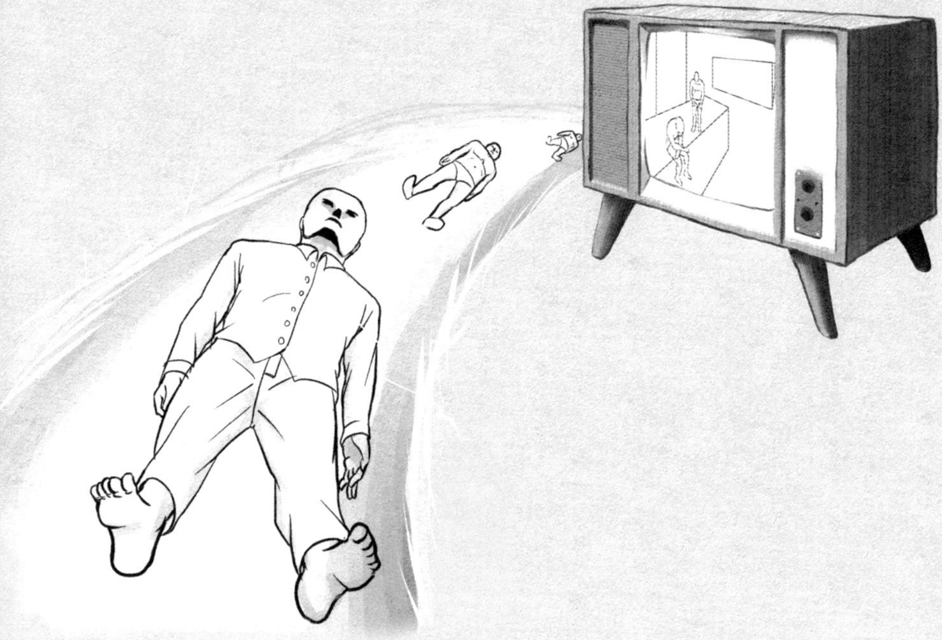

이번엔 연민이 생겼다.

'어떻게 저 얇은 줄 속으로 사람들이 들어갈까. 참 힘들겠다.'

이런 고민으로 내 영혼은 너덜너덜해졌다. 꽤 오랫동안, 밥 먹을 때나 잠자리에 누워서도 고민을 했다. 감사한 마음도 들었다. 많은 사람이 힘들게 일해서 우리가 행복한 거니까.

요즘은 텔레비전을 실시간으로 보는 일이 드물다. 핸드폰으로 다시 보기로 시청한다. 그 뒤로 50년 넘게 살다 보니 참 많은 것이 바뀌었다. 내가 인생 최초로 하던 고민도 대폭 바뀌었다. 언뜻 보기에는 비논리적이지만, 그럴싸하게 인과적이고 잔인한 고민들로 가득가득 채워지고 있다.

그 시절
놀 거리

종이 인형

'종이 인형 놀이'라는 게 있다. 하얀 종이에 사람 모습을 그리고 오려낸 후, 종이로 옷을 만들어 입히는 놀이다. 이 놀이에는 돈이 한 푼도 들지 않았다. 또 종일 놀아도 싫증 나지 않았다.

놀이에는 총 3단계 레벨업이 있었다. 초보 단계 땐 문방구에서 파는, 8절 정도 크기에다 마분지로 만든 인형 그림을 산다. 그 그림의 선을 따라 가위질을 하면 인형 몸체 하나와 옷, 신발 등 액세서리들을 오려낼 수 있었다. 이 인형은 보통 최소한의 속옷을 입고 있었다. 그때 그 속옷 차림 한 인형을 보고 놀려대는 남자아이들이 많았다.

옷의 어깨에는 작은 사각형이 붙어있다. 인형 몸체에 입힐 때 접어서 고정하기 위해서였다. 이는 딱 초보 때까지 만이다. 옷의 가짓수가 잘해야 7, 8벌 정도밖에 안 되고 몇 번 입히고 놀다 보면 싫증이 났다. 특히, 색깔이 다양한 것은 눈에 피로가 빨리 오는 법이다.

2단계는 그 인형만 활용하고, 옷이나 장신구는 다른 종이에 그려서 무한대로 옷 가짓수를 늘리는 것이다. 그땐 인형이 처음 싸들고 왔던 옷들이 싫증이 난 터라 구석에 처박혀 있다. 대신 새로 만들어 입히는 옷들은 무채색이다. 그러면 무채색의 한계를 다양하고 과감한 디자인으로 극복하곤 했다.

마지막 3단계는 인형을 자기가 그려서 만들어내는 것이다. 어린아이가 직접 그리다 보니 그 인형은 미모가 많이 떨어졌다. 팔다리 비율도 이상했다. 어쩔 수 없이 그림 잘 그리는 친구에게 아양을 떨어서 주문하기도 했다. 눈 딱 감고 한 번만 비굴하면 계속 해서 쓸 수 있었다. 평소 남 따라 하는 걸 싫어하던 나는 이때도 독립군처럼 행동했다. 그림이 좀 서툴더라도 반드시 내가 그린 인형으로 가지고 놀았다. 다른 아이들 인형은 한 사람 손에서 나왔으니 자매처럼 얼굴들이 비슷했다. 이러면 역할 놀이를 할 때 실감이 안 난다.

예를 들어 옷 가게 놀이를 할 때 옷 가게 손님으로 온 사람과 주인은 얼굴이 달라야 했다. 그런데 다 비슷한 얼굴이다 보니 누가 누군지 헷갈리는 식이다. 내가 그린 인형은 날 닮아서 조금 넓적했다. 얼굴 그림은 그리는 사람 얼굴이 반영되는 듯했다. 인형 잘 그리는 친구는 호리호리한 얼굴형 인형을 그렸는데 실제로 그 친구 얼굴도 계란형이었다. 하지만 아무리 미모를 중시한다 해도 헷갈리면 안 되었다.

당시 여자아이들은 주로 인형을 가지고 놀았다. 그런데 같은 인형 놀이라도 동네마다 2D냐 3D냐로 갈렸다. 우리 동네에서 멀리 떨어져 사는 엄마 친구 집에 놀러 간 적이 있다. 당시 꽤 부유한 동네였다. 그런데 그 동네 아이들은 눈을 씻고 봐도 종이 인형을 가지고 놀지 않는 것이었다. 대신 입체 인형을 가지고 놀았다. 고무로 만든 인형 몸체에 진짜 옷감으로 만든 옷을 입히고 노는 게 아닌가. 대신 옷 종류가 얼마 없었다. 잘해야 10개 정도. 우리 동네 아이들은 종이로 만든 옷이지만 얼마든지 옷 가짓수를 늘려 갈 수 있었는데 말이다.

그래도 부러웠다. 진짜 살처럼 말랑말랑한 인형은 신기하게도 재우려고 누이면 스르르 눈을 감았다. 눈이 감길 때마다 인형의 까맣고 긴 속눈썹이 함께 닫혔다. 그 인형 놀이를 하는 아이들도 인형처럼 예쁜 옷을 입고 있었다. 우리 동네 아이들은 아무렇게나 입고 흙바닥에서 뛰어놀아 무릎이 하루도 성한 날이 없었다.

요즘도 비슷한 놀이가 눈에 띈다. 스티커로 옷을 갈아입히거나 게임으로 아이템을 바꾼다거나. 아쉬운 건 직접 창작하는 과정이 생략되어 있다는 점이다. 예전에도 잘 사는 아이들은 완성품을 가지고 놀았다. 하지만 그 놀이에는 '미적 눈요기' 정도 외에는 얻는 게 없었다. 별다른 창작활동이 이루어지지 않았다.

지금 생각해보면 종이 인형 놀이가 준 혜택이 많다. 의상 창작, 그림 그리기, 화술, 가위질 기술, 헤어디자인, 의상 코디 등 많은 활동을 놀이로 한 셈이다. 나는 여기에서 더 나아가 그 인형이 사는 집을 만들고 가구도 디자인하면서 업그레이드해 나갔다.(지금 생각해보니 이때 설계 일에 매력을 느껴 나중에 건축 설계 공부까지 하게 된 듯하다.)

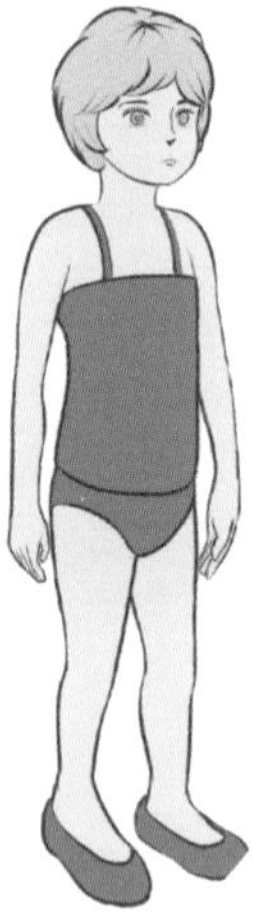

아이들을 키울 때 이 점을 염두에 두었다. 고가의 장난감을 사주지 말 것, 완성품이 아니라 되도록 조립해서 만들어나가는 제품을 사줄 것, 재활용품을 버리지 말고 쌓아두었다가 펼쳐놓고는 자유롭게 장난감을 만들어보게 하는 것.

요즘은 인터넷 덕분에 좋은 놀이를 검색해서 참고할 만한 것이 많다. 자녀교육을 거의 다 마친 선배 엄마로서 한마디 덧붙이고 싶다. 무엇을 하든 직접 완성해 나가는 활동을 하도록 유도하자는 것이다. 부족하고 삐뚤삐뚤해도 직접 만들어보는 과정에서 배우는 게 많다. 조금 실수해도 괜찮다. 무엇보다 아이들이 주도적으로 놀고 공부하는 습관을 들이는 게 중요한 것 같다.

그 시절
놀 거리

순이야, 노~올자!

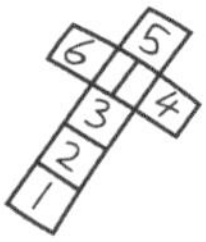

내가 어릴 때 집에서 많이 하던 말이 무엇이었을까. 엄마들은 '철수야, 밥 먹어라.'이고, 아이들은 '순이야. 노~올자'였을 것이다. 그 시절 아이들은 참 많이도 놀았다. 놀기 좋아하는 아이들은 등교 전 아침 댓바람부터 골목에 모여서 놀았다. 또 학교 갔다 오면 가방을 휙 던져놓고, 골목 어귀나 공터에서 해가 지도록 놀았다. 그러다가 엄마가 '철수야, 밥 먹어라'라는 소리가 들리면 부랴부랴 집으로 뛰어갔다.

온라인에 썼던 글 중 뒤늦게 조회 수가 크게 오르는 경우가 있다. 내 경우에는 코로나 이후 조회 수가 오른 글이 있다. '엄마표 놀이'에 관한 글이다. 우리 아이들이 어릴 적 내가 온몸을 다해 놀았던 기억을 되살려 쓴 글이다. 처음엔 별로 반응이 없던 글인데, 코로나 이후 검색을 통해 많이 유입되었다. 유입어는 '아이와 놀아주기, 엄마가 아이와 노는 법' 등이다.

이유는 간단하다. 엄마들이 아이들과 오랜 시간을 함께 해야 한다. 그런데 뭘 해야 할지 모른다. 아이들은 방학 때라고 해서 집에만 있지는 않았다. 오히려 더 바빴다. 평소 소홀히 했던 예체능이나 선행학습, 집중 코스 반 학원에서 영어 실력을 키우기 위하여 등으로 분주했다.

그런데 코로나로 방학이 지나도 학교에 가지 못하니 당황하는 건 엄마다. 그렇다고 아이들을 학원에 보내기도 께름칙하다. 온종일 아이들과 함께 있어 본 적이 없는 부모가 아이와 함께 많은 시간을 보내야 한다.

우리 때는 아이들의 육아를 책임져 주는 게 학원도 아니고 부모도 아니었다. 공터와 햇빛이었다. 아이들은 온종일 밖에 나가 놀았다. 사과처럼 발갛게 익어가면서 햇빛 아래 뛰어놀았다. 굳이 그늘을 찾아들지도 않았다. 햇빛을 따라다니는 건 아이들의 본성이기 때문이다. 뜨겁거나 얼굴이 그을리거나 그런 걸 따지지도 않았다.

그건 아이들이 사는 법이었다. 밝고 씩씩하게, '태양을 피하지 않는 법'을 스스럼없이 수행했다. 팔다리를 한껏 내어놓고 햇빛에 얼굴을 찡그려가면서 마치 식물처럼 자연을 빨아들였다. 오랫동안 집에 있던 아이들은 느꼈을 것이다.

'뭐야! 하루가 이렇게 길었어!'

학교와 학원으로 종종거리고 다니던 시절엔 몰랐을 것이다. 그들은 마치 생활전선에서 고군분투하는 어른들처럼 쫓기는 삶을 살았다. 그러다가 뎅그러니 놓인 시간 앞에 학부모들은 당황하고 아이들은 지루해했다.

우리 어린 시절엔 있을 수 없는 일이었다. 아이들과 놀아주는 법을 검색하다니. 왜 아이들과 놀아주어야 하나. 우리 땐 아이와 놀아준다는 개념이 없었다. 아이들은 노는 법을 가지고 태어나는 거로 알았다. 신생아 시절 아기들은 낮에 잠깐 깨어 있을 때도 혼자서 잘 논다. 방안을 둘러보며 나름 깊은 생각에 잠기기도 하고, 자기 발을 들어 올려 만지거나 빨기도 한다. 아이들에겐 노는 게 제일 쉬운 일인 것이다.

우리 때는 장난감도 없었다. 추운 겨울에 방에 앉아 끊임없이 놀이에 열중했다. 장난감은 우리 몸이었다. 여러 명이 양다리를 서로 끼워 넣고는 "이 거리~ 저 거리~" 하면서 손바닥으로 다리를 탁탁 때렸다. 이는 실내에 오래 앉아 있는 경우 다리의 혈액순

환을 도울 수 있다. 또 손바닥을 마주쳐가면서, "푸~른 하~늘. 은~하수 하~얀 쪽~배에~~"라면서 손바닥 부딪히는 놀이를 하고 놀았다. 이는 손바닥의 기혈을 촉진 시켜 두뇌에 좋은 영향을 준다.

또 이불을 덮고 누웠을 때도 끝말잇기 놀이나 스무고개 같은 걸 했다. 이를 통해 어휘 실력이나 추론 능력을 길렀다. 간혹 놀다가 친구랑 싸우는 것도 공부가 되었다. 어떻게 하면 친구가 자길 싫어하는지 좋아하는지를 공부만 해서는 알 수가 없다. 몸으로 일일이 부딪쳐서 얻는 경험으로 알 수 있다.

나는 모험을 좋아한다. 아이들을 양육할 때도 마찬가지였다. 예를 들어 추운 겨울에도 마스크를 씌우고 단단히 입혀서 밖으로 나가 눈싸움하고 놀았다. 비가 올 때는 아이들에게 우산을 씌워서 산책했다. 빗줄기를 손으로 만지고 눈으로 관찰하게 했다. 보슬비에도 나가 놀이터에서 모래 놀이를 했다. 젖은 흙의 질감을 손끝으로 느껴보게 했다. 이때 지나가는 엄마들이 혀를 끌끌 찼다. 이 모두 우리 아이들이 건강했기에 가능한 일이었다.

어릴 때부터 습관을 들여서인지 우리 아이들은 건강한 편이었다. 동네에 폐렴이나 독감이 휩쓸고 지나갈 때마다 우리 아이들만 퐁당퐁당 건너뛰었다. 혹한이나 혹서를 몸으로 맞아본 것이 도움이 되었다. 내 의견에 반대할 수도 있다. 일찌감치 나쁜 병균과 이기적인 사람들로 가득한 세상에서 아이들을 안전하게 지켜내는 것이 부모의 역할이라 생각할 수도 있다.

그 논리 때문에 아이들을 건물 안에만 가두는 부모가 많다. 요즘 정서적으로 안정된 중학생이 반도 안 된다는 이야길 들었다. 초등학생도 마찬가지다. 점점 많은 아이가 정서적 장애를 겪고 있다. 아이와 상담하고 나서 내가 내리는 결론은 늘 하나다. 아이들이 너무 '못 놀아서'다.

나가 놀지 못하는 게 문제다. 아이들은 체육을 가장 좋아한다. 단순히 움직이고 싶어서가 아니다. 실내 체육을 하면 시큰둥해한다. 햇빛을 보고 싶은 것이다. 햇볕을 쬐면 행복 호르몬인 세로토닌 분비가 활성화된다. 요즘 아이들은 햇빛을 볼 일이 거의 없다. 소아 우울증이 많은 이유다. 아파트라는 콘크리트 상자에서 학교라는 콘크리트 상자, 또다시 학원이라는 콘크리트 상자로 왔다 갔다 하다보니 햇볕을 쬐지 못한다.

"영희야 노~올자! 철수야 노~올자!"

이제 이런 소리는 사라졌다. 대신 이 아파트, 저 아파트 문 앞에서, 아니면 핸드폰에서 다시 들려오길 바라본다.

"지민아 노~올자! 준수야 노~올자!"

햇볕을 맘껏 쬘 수 있는 실외 체육 시간을 좋아할 수밖에 없다.

교사로서 아이들을 보기가 참 딱하다. 부모들이 알아줬으면 좋겠다. 학원 공부를 줄여주고 햇빛 속에서 아이들을 맘껏 뛰어놀게 해야 한다.

5장

그 시절 먹거리

| 양푼 비빔밥 | 가루 주스 | 곰보빵 | 밥 냄새 |
| 원기소 | 내 혀의 점령자들 |

그 시절
먹거리

양푼비빔밥

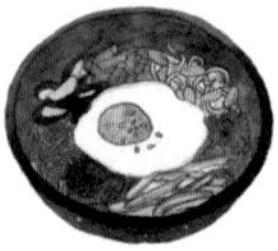

상해에 살 때 '침 국수'라는 걸 들은 적이 있다. 정확한 명칭인지는 모르겠다. 그 국수는 아주 커다란 냄비에 끓이고, 여러 명이 번갈아서 젓가락으로 머리를 숙여 먹는다고 했다. 이 국수는 절대로 그릇에 덜어 먹으면 안 된다. 냄비 안에서만 먹는 것이 원칙이다. 여러 명이 냄비에 젓가락질하는 모습은 상상만 해도 께름칙한 장면이다. 왜 그렇게 먹는지 물어보았다. 대답이 더 충격적이었다.

"이름 자체가 침 국수잖아요. 여러 사람의 침과 국수가 섞여서 달달한 국수가 되는 거니까요."

이해할 수가 없다. 침과 국수의 협업이라니. 그것도 여러 사람의 침이 섞여야 한다니. 사람마다 침의 성분이 다 다를 것이다. 그러니 그 침들이 화학작용을 일으켜 특유의 맛을 내는 것이다. 먹어본 사람 말이, 기막히게 맛이 있단다.

우리나라에도 비슷한 음식이 있다. '양푼열무 비빔밥'이다. 먹을 것이 귀하던 어린 시절 그나마 풍족했던 것은 채소와 보리쌀 등이었다. 봄철에 자주해 먹었는데 이 시기에 열무가 연해서 맛이 좋다.

엄마는 리더쉽이 있었다. 어딜 가든 동네 사람들을 다 불러 모으는 언변과 처세술이 강했다. 그 처세술은 먹는 것에서부터 시작되었다. 나른한 봄날 오후, 엄마는 동네 사람들을 불러 모아 파티를 벌였다. 파티라고 해 봐야 대단한 음식을 대접하는 건 아니었다. 값싸고 흔한 열무를 사다 비빔밥을 해 먹는 것이었다.

그 음식은 어른들의 음식이었다. 아이들이 먹기에는 거친 데다가 날것의 향이 났다. 그 파티에서 어린애는 나 하나였다. 어른들은 어린애가 어른 음식을 잘 먹는다고 칭찬해 주셨다.

열무 비빔밥은 진짜로 맛이 있었다. 그 당시 열무는 지금보다 더 달았다. 색깔도 달랐던 것 같다. 연하고 고운 연둣빛을 띠었다. 그 열무를 손가락 길이로 뎅겅 뎅겅 잘라 찹쌀풀을 쑤어 빨간 고춧가루에 무친다. 신 김치만 먹던 나도 이 열무김치는 먹을 만했다. 그 열무김치에는 보리밥이 어울렸다.

조리법은 간단하다. 먼저 커다란 양푼에 김이 모락모락 나는 구수한 보리밥을 담는다. 그 위에 갓 무친 빨간 열무김치를 듬뿍 넣는다. 그 위에 고추장을 적당히 넣고 들기름을 휘휘 돌린 후 커다란 나무 주걱으로 골고루 섞어주면 끝이다. 이때, 비율이 중요하다. 고추장이나 밥, 또 들기름이나 열무김치량이 딱 적당해야 했다. 열무가 너무 많으면 밥알을 씹는 즐거움이 사라진다. 또 밥이 너무 많으면 선선한 열무의 식감이 떨어진다.

핵심은 고추장이었다. 고추장이 적으면 멀건 색이었다. 너무 빨개도 문제였다. 그러면 엄마는 재빨리 부엌에 가서 밥을 수북이 퍼 왔다. 따끈한 보리밥이 다시 얹히면 나무 주걱으로 휘휘 섞는다. 그렇게 붉은색의 명도와 채도를 얼추 맞추어 나간다. 모두 숙련된 주부들이라 먹어보지도 않고 색깔로 간을 맞추었다. 신기하게도 고추장 색깔이 적당했을 때에야 비로소 간도 딱 맞고 맛있는 열무 비빔밥이 되었다.

그렇게 비벼진 열무 비빔밥을 한 숟가락 가득히 퍼서 입안에 넣는다. 가끔 입안에 미처 못 들어간 열무 가락이 삐죽이 입술에 늘어지기도 한다. 그러면 장난스러운 미소를 지으며 손가락으로 쏙 밀어 넣는다. 이때 입안에 들어간 열무와 밥은 내외하듯 각자 자기 자릴 고수한다. 미끄러지는 밥알은 이리저리 몸통을 뒤틀고 열무는 서걱거리며 날 선 식감을 뽐낸다. 혀는 날쌔게 이 둘을 포획하여 이 사이로 밀어 넣는다. 그리고 잘게 씹는다.

이때 동글동글한 보리 밥알이 입안에서 톡톡 터진다. 열무를 씹을 땐 이 사이로 즙이 나오면서 신선한 풀 내를 풍겼다. 이 풀내는 도시의 거실 안으로 흙냄새를 잡아들였다. 이 둘을 순하게 감싼 들기름은 집안에다 고소한 향내를 풍겼다.

밥 먹을 때의 풍경이 지금도 눈앞에 선명하다. 모두 둥근 양푼 가장자리에 둥그러니 둘러앉아서 먹었다. 여기에는 인원 제한이 있었다. 양푼 지름으로 한정이 된 것이다. 대략 여섯 명 정도가 적정 인원이었다. 하루는 아홉 명이 온 적이 있다. 이때 엄마는 개인 밥공기를 가져와서 한 그릇씩 퍼주었다. 그러자 다들 양푼에서 멀찍이 물러나 앉아서 밥상에 놓고 먹거나 손에 들고 먹었다. 하지만 웬걸 맛이 없었다. 같은 음식인데도 어째서 다른 맛이 나는 걸까.(요즘도 철판볶음밥을 공기에 떠먹으면 철판에 두고 먹을 때보다 맛이 없다.)

다들 양푼에 고개를 숙이고 먹을 때와는 다르게 고개를 빳빳이 들고 먹었다. 이때 훨씬 편하게 먹는데도 얼굴에 함박웃음이 없었다. 그저 한 끼의 식사를 때우는 것일 뿐이다. 그 뒤로는 인원을 제한했다. 간혹 고추장이 제대로 안 섞인 밥이 눈에 띄었다. 이땐 남의 영역이라도 상관이 없다. 기어코 자기 숟가락을 침범해 들어가서는 남의 자리 앞의 밥을 쓱쓱 비벼주었다. 설사 남이라도 허연 밥을 먹으면 안 된다는 마음이었다. 그 한 숟가락을 먹을 때만큼 덜 행복할까 봐서다. 거기 누구도 '이런 게 행복이지.'라고 말하지 않았지만, 밥을 퍼 올릴 때마다 다들 한 숟가락만큼의 행복을 길어 올리고 있었다.

커다란 양푼에다 대여섯 명이 숟가락을 담그고 활발히 휘저으면서 밥을 먹다니. 그것도 침이 튀도록 수다를 떨어가면서 말이다. 코로나 시국에는 있을 수 없는 일이다.

악수조차 눈치 보이는 요즘이다. 아는 사람이 버스 안에서 말을 많이 하다가 어느 할아버지한테 혼났다는 이야기도 들었다. 말을 하면 침이 튀어서다. 남이랑 포옹도 악수도, 말도 하면 안 되는 세상이 온 것인가. 그건 로봇의 삶 아닌가. 그렇게 120년 살면 뭐 하는지. 아니다. 그런 세상은 오면 안 된다. 빨리 코로나가 해결되어 포옹하고 악수하는 날이 왔으면 좋겠다. 비위생적이라고 해도 좋다. 여럿이서 커다란 양푼에다가 석석 열무 비빔밥을 비벼 먹던 날들이 눈물 나게 그립다.

그 시절
먹거리

가루 주스

내가 태어난 60년대 우리나라는 궁핍하기 짝이 없었다. 살던 지역이 서울이었음에도 동네마다 거지가 있었을 정도다. 주로 육교 밑이나 버스 안에서 동냥을 했다. 하도 거지가 많다 보니 방판(방문 판매) 거지들이 있어서 가정집을 정기적으로 찾아오기도 했다. 나이가 많거나 장애가 있는 사람만 있는 것도 아니었다.

하루는 멀쩡하게 생긴 젊은이가 우리 집에 온 적이 있다. 부모님은 일하러 나가시고 아이들만 마당에 나와 있었는데, 열려있는 대문을 밀고 들어온 것이다. 요즘 같으면 상상도 못 할 일이다. 당시 중학교 2학년인 옆집 언니가 놀러와 있었다. 그 언니는 대담하게도 거지에게 대화를 시도했다.(시대를 초월해서 '중 2'는 세상 무서운 게 없다.)

처음엔 간단한 인사말로 시작해서 인생살이 이야기로 넘어갔다. 마치 고객 대하듯 하는 말투였다. 그러다가 단도직입적으로 본론에 들어갔다. 아저씨는 아직 나이도 젊고 신체도 건강한데 왜 동냥하느냐고 도발을 한 것이다.

처음엔 밥을 주는 줄 알고 대화에 응하던 거지는 자존심이 상했나 보다. 그게 너랑 무슨 상관이냐며, 버럭 화를 내면서 나가버렸다. 지금 생각해보면 그 거지는 그저 밥을 먹고 싶을 뿐이었다. 그걸 이상하게 바라본 우리가 잘못이었는지도 모른다. 배가 고픈데 밥이 없다. 그래서 아무 데나 들어가서 밥을 달라고 한 것이다.

젊은 남자가 남의 집안에 함부로 들어오다니, 상상도 할 수 없는 일이다. 예전엔 낮에 대문을 걸어 잠그지 않는 집이 많았다. 농경시대의 습성이 남아있는 것인지. 사립문 같은 거로 막아놓을 뿐 시골집은 대문이 아예 없는 집도 많았다. 행인이 낮에 지나가다 불쑥 대문을 밀고 들어오는 경우가 흔했다.

당시엔 정상인도 동냥하던 시대라 환자들은 더욱 먹고살기 힘들었을 것이다. 특히 시각 장애인이나 한센병 환자가 음식 동냥을 많이 하러 다녔다. 당시엔 한센병 환자를 '문둥이'라고 불렀다.

아이들에게 문둥이는 공포의 대상이었다. 우는 아이에게 '그렇게 울면 문둥이가 잡아간다.'라고 하면 울음을 뚝 그쳤다. 문둥이는 호환·마마보다 더 무서운 존재였다. 문둥병 환자가 어린아이의 생간을 먹으면 낫는다는 무시무시한 괴담이 돌았기 때문이다.

문둥병 환자가 나타났다는 말이 돌면 뛰놀던 아이들이 얼른 집 안으로 숨었다. 아이들이 문둥병 환자를 놀리면, 문둥이가 그 아이 얼굴에 침을 뱉고 간다는 이야기도 돌았다. 그 침이 아이의 얼굴에 묻으면 문둥병에 걸린다는 근거 없는 이야기가 떠돌았다. 일자리를 구하기 힘든 한센병 환자들은 이래저래 살기 힘들었을 것이다.

평범한 서민들도 먹거리가 빈약하긴 마찬가지였다. 고기반찬은 명절 때나 가능했다. 설탕도 귀한 음식이었다. 커피가 전 국민 기호식품이 되기 전이었고, 밥도 제대로 못 먹는데 차를 마시는 건 사치였다. 지금의 커피를 대신하는 차가 있긴 했다. 손님이 오면 대접에 하나 가득 담아내는 것이 있었다. 설탕 한 숟가락을 녹여서 낸 '설탕 차'다. 설탕도 아까울 땐 사카린을 타기도 했다. 어른들은 그 차를 '단물'이라고 불렀는데 체하거나 속이 더부룩할 때 마시면 좋다고 했다.

겨우 서너 살 적 일인데 나는 아직도 그 맛을 기억하고 있다. 워낙 싫어했기 때문이다. 설탕물을 마시면 머리가 띵하게 아픈 것 같았다. 기분 나쁜 단맛이었다. 그래서 내가 싫어하는 손님이 오면 내 얼굴을 손님 코 밑에 바짝 들이대고는, '설탕물 타다 줄까?' 하고 물었다고 한다. 그로부터 몇 년 더 지나자 사람들이 설탕물을 다시는 마시지 않았다. 대신 여름마다 손님에게 대접하는 것이 있었다. 주황색 가루를 찬물에 타서 대접하는 것이다. 그 가루 봉지엔 오렌지 단면이 그려져 있었다.

그 주황색 물을 투명 유리잔에 내곤 했는데, 그 맛은 요즘도 나오는 '오렌지 맛 환타'와 비슷했다. 아이들은 물에 타 마시는 것보다 가루로 먹는 걸 더 좋아했다. 물에 타려면 두세 숟가락을 넣어야 했는데 그러기엔 너무 아까웠다. 가루 그대로 핥아먹는 게 더 경제적이라 느껴서다. 손바닥에 올려놓고 아껴가면서 혓바닥으로 날름날름 핥아먹었다.

이때, 혀가 새빨개져서 서로를 바라보며 깔깔거리곤 했다. 이것만 있으면 어린 내게는 말 그대로 '행복 스위치'가 켜지는 셈이었다. 기분 나쁜 일이 있어도 이 마법 가루만 있으면 감쪽같이 행복해지곤 했다. 그 뒤로 나온 '100% 오렌지 주스'라고 쓰여 있는 음료는 시큼 씁쓸했다.

"나는 진짜라서 그래요. 가짜 주스는 달기만 하죠. 그런데 내가 진짜예요. 절대 속지 마세요."

그 형태와 맛은 마치 자신이 원조임을 말하는 듯했다. 오렌지 알갱이까지 둥둥 떠다니는 이 주스가 처음엔 낯설었다. 마치 본처를 몰아내고 안방을 꿰차고 들어앉은 애첩처럼 탐탁지 않았다. 달지도 않은 데다 건더기까지 있는 게 무슨 주스냐 하는 생각이 들었다.

소득 수준이 높아질수록 건강한 먹거리에 관심이 높아진다. 무심히 먹어오던 음식들에 대한 안전성 논쟁이 끊이질 않는다. 특히 MSG에 대한 말은 아무리 들어도 헷갈린다. 두뇌에 좋다고 해서 한 수저씩 떠먹던 시절도 있었다. 어느 시절엔 몸에 안 좋다며 절대 넣지 말라고 하고, 또 요즘은 적당량은 괜찮단다. 이럴 때마다 매스컴을 불신하게 된다. 어깃장을 놓는 것이다. '인공색소면 어때, 대신 식용색소라잖아. 나름대로 개성 있는 맛이 있으니 존중해줘야지, 설탕 덩어리면 좀 어때. 어릴 때 내가 제일 좋아했던 건데.' 하면서 가루 주스를 옹호하는 나를 본다.

인생의 반을 훌쩍 넘게 살아온 지금 이제 내 혀는 단것보다 쓴 것에 호응한다. 단것이 혀에 닿으면 뇌에서 경고음을 울린다.

"삐오 삐오 주인님. 몸에 나쁜 거예요. 지금 당뇨 직전이라잖아요. 되도록 먹지 마세요."

그러면 못내 아쉬워하면서 슬쩍 내려놓게 된다. 그런데도 내 혀에는 특별석이 마련되어 있다. 치외법권적이고 안하무인격이며, 화학기호나 건강 상식 따위는 집어치우라며, 그의 등장과 동시에 빨간 주단을 깔아주게 되는 것. 그것은 오렌지 맛이 나는 '가루 주스'다.

맞다. 그 '치외법권적인 주스'엔 오렌지가 한 알갱이도 들어있지 않았다. 비타민 성분은커녕 몸에 해로운 색소와 사카린 덩어리다. 하지만 가짜가 지닌 '강렬한 포스'는 나를 매혹하고도 남는다. 비록 못생겼지만 매력이 철철 넘쳐 꿈만 많은 내 눈에 콩깍지를 씌게 한 첫사랑이다.

가루 주스에는 진짜 주스가 줄 수 없는 게 하나 있었다. 한때 우리에게 행복을 주던 존재라는 '시간 선점력'이다. 진짜가 나오기 전까지 가루 주스는 아이들에게 행복을 주었다. 만약 내가 다 자란 뒤에 나왔더라면 큰 행복을 주진 못했을 것이다. 그 가루는 아직 혀가 설익은 아이들에게 딱 알맞은 당도를 가졌다. 가짜와 진짜를 구별 못하는 아이들에 그건, 한참이나 만만한 맛이었다. 또 애처로울 정도로 정직한 맛이었다.

무엇보다 아이들에게 가짜 주스는 자기가 할 수 있는 한 넘치는 사랑을 주었다. 그래서 아이들은 행복했다. 나는 아직도 가루 주스가 그립다. 버튼만 누르면 즉시 켜지는 주황색 '행복 스위치'가 그립다. 그건 아마도 만만하고 넘치는 사랑이 그리운 게다.

그 시절
먹거리

곰보빵

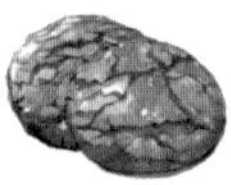

각박한 사회생활에 지칠 때 동창 모임에 나가곤 한다. 그런데 유독 초등학교 동창 모임은 나가지 않는다. 같이 공부하고 뛰놀던 친구들이 많이 궁금한데도… 한 학년에 학급이 20개가량이나 되었고 내가 전학을 많이 다닌 탓도 있다.

어쨌거나 초등 동창생 명단에서 알만한 친구들을 찾기가 힘들었다. 그중 남학생들은 더욱더 기억이 나지 않았다. 생각해보니 그 당시 우리 학교는 3학년 때부터 남녀를 구별하여 학급을 편성했다. 일찌감치 남녀가 유별하다는 유교 사상을 가르치려 한 것일까. 그 당시만 해도 자주 거론되던 '남녀칠세 부동석'이라는 말은 이제 주변에서 사라진 지 오래다.

요즘 아이들을 보면 남녀 구분이 많이 사라지고 있다. 어디 가서 '여자는 여자다워야 한다.'라는 말을 했다간 큰코다친다. 여자아이들이 또래 남자아이들보다 발육이 더 빠른 경우도 많고 힘도 세다. 나도 어릴 때 힘이 센 여학생이었다. 특히 팔힘이 세어서 어느새 '팔씨름 여왕'이라는 별명이 붙어있었다.

쉬는 시간마다 내 책상 앞에는 팔씨름 챔피언 벨트에 도전하려는 남학생이 줄을 섰다. 그때마다 얼마나 으쓱했는지 모른다. 평소 날 괴롭히던 남학생을 힘으로 기를 제압할 수 있어서다. 유쾌하지 않은 일도 종종 일어났다. 하루는 한 남학생이 나와 팔씨름을 해서 한방에 지자 씩씩거리면서 말했다.

"여자애가 뭘 주워 먹고 그렇게 힘이 세냐. 나중에 시집가긴 다 글렀다."

바보같이 그 말에 나는 그만 울어버렸다.

시집 못 간다는 말도 충격이었고 주워 먹었다는 말을 듣기가 너무 속이 상했다. 팔씨름 잘하는 거랑 시집가는 거랑 무슨 상관이란 말인가. 팔씨름 잘하는 건 건강하다는 말이고 그것도 내가 가진 능력 중의 하나가 아닌가. 당시엔 여자를 비하하는 말이 많았다. 우리가 학교 다닐 땐 책상이 2인용이었다. 길게 생긴 책상 하나를 짝과 나누어 썼는데, 정확하게 중간 위치를 정하는 게 쟁

점이었다.

정확히 절반 위치에 줄을 긋고 넘어오지 못하게 했다. 이때 자기 책상 쪽으로 물건이 넘어오면 가지기도 했는데, 이때도 여성 비하 발언이 있었다. 우리 반에서 제일 짓궂고 못된 남학생이 하필 나랑 짝이 된 적이 있다. 그때부터 나의 고난은 시작되었다.

어찌나 나를 괴롭히는지 책상 금을 조금만 넘어가도 화를 내며 말했다.

"여자가 재수 없게."

아빠나 주위 어른의 말투를 흉내 내는 것 같았다.(현재 내가 그 동창생 이름을 기억하지 못하는 게 다행이라는 생각이 든다.) 그러면 나의 처절한 복수가 이어졌다. 나는 되도록 큰소리로 엉엉 울었다. 그러면 담임 선생님은 그 남학생을 혼내고 아이들은 나를 위로했다.

아니면 내가 짝의 허벅지를 꼬집는 것이다. 엄지와 검지를 동그랗게 만들어서는 짝의 허벅지에 대고 오른쪽으로 한 바퀴 비틀었다. 이때 젖 먹던 힘까지 동원했다. 이때 짝은 코미디언처럼 우스꽝스러운 표정으로 얼굴을 찌푸렸다. 그러면서 말로는 하나도 안 아프다고 큰소리 쳤다. 그러면 더 화가 났다.

그런 개구쟁이 짝꿍이 나를 당황하게 하는 일이 있었다. 그때

학교에서는 돈을 낸 학생만 곰보빵이라는 간식을 주었다. 겉은 단단하고 갈색인 곰보가 뒤덮여있고 하얀 속살은 폭신폭신했다. 가게에서 파는 싸구려 빵이 아니라 제과점 빵의 느낌이었다. 그 빵 냄새가 아직도 선명하게 기억에 남는다. 그 향을 어떻게 잊는단 말인가.

그 빵을 나눠주는 시간이 되면 달콤하고 고소한 빵 냄새가 교실에 진동했다. 신청을 안 한 학생들은 그 빵을 먹는 학생들을 부러운 듯이 쳐다보았다.

나는 집안 형편에 따라 어느 달은 먹고 어느 달은 안 먹었다. 그중 안 먹는 달이었나 보다. 하루는 짝꿍이 자기 빵을 절반 뚝 떼어서 나에게 주는 것이 아닌가. 머릿속이 복잡해졌다. 매일 짝을 울리던 아이가 하는 행동치고는 너무 살가운 거다. 나는 꼴 보기 싫은 애가 주는 거라 안 받았다. 하지만 그 애는 한사코 먹으라며 빵을 디밀었다. 그 뒤로도 종종 나에게 빵을 주었다. 나는 속으로 '칫, 자기가 먹기 싫은가 보지. 먹기 싫으니 나한테 준거겠지.' 하고 생각했다.

또 한 번 크게 당황한 적이 있다. 한 남학생이 내 가방을 가지고 도망간 것이다. 그걸 짝꿍이 끝까지 뒤따라가서 빼앗아 왔다. 하지만 다음날은 언제 그랬냐였다. 또다시 나를 놀리고 괴롭혔다.

지금 와서 생각해보면 나도 걸핏하면 울고 짜증을 낸 것 같다. 별것 아닌 것 가지고 매일 우니 남학생도 짜증이 날 만했다. 솔직히 말해서 난 지금까지도 남자들의 심리를 잘 모른다. 그도 그럴 것이 우리 집엔 여자 형제만 있었다. 남자들의 짓궂음을 받아들일 이해력이 없었다.

남자 형제가 있는 집의 여학생은 남학생의 짓궂음에 비교적 잘 대응했다. 나중에 알게 되었다. 그렇게 나를 괴롭히던 남학생이 나를 미워하기만 한 건 아니라고. 남자아이는 좋아하는 여자애를 더 괴롭히는 경향이 있다. 감정표현이 서툴러서다. 그렇게 엎치락뒤치락하면서 남녀 차이를 알아가야 했다. 하지만 그 당시 고학년이 되면서부터는 공부에만 집중하라는 뜻이었나 보다. 우리 학교에서는 남자 반, 여자 반을 따로 만들었다. 또다시 남녀가 화성과 금성으로 자기 궤도를 찾아간 것이다.

간혹 궁금하다. 혹시 그 행성 간 거리가 지금도 나를 괴롭히고 있지는 않은지 말이다. 부부싸움만 하면 내 입에서 쏟아져 나오는 속사포 말을 들으며 남편은 말한다. '나란 여자의 기억법'은 잘못되어도 한참 잘못되었다고. 정말로 그런지도 모르겠다는 생각이 든다. '화성에서 온 남자들'한테 가끔 헷갈려서다. 가끔 초등학교 2학년 때 짝꿍이 그랬다.

수업시간에 가장 좋아하는 음식을 발표한 적이 있었다. 그때 나는 짝꿍이 발표하는 것을 보고 진짜로 헷갈렸다. 그가 음식 중에서 다른 것도 아닌 하필, 곰보빵이 가장 좋다고 한 것이다. 그리고 한 달이나 두 달 정도가 아니라, 평생 짝꿍이 지금 곁에 있다. 그리고 어릴 적 짝꿍처럼 자꾸만 헷갈리게 한다.

그 시절
먹거리

밥 냄새

얼마 전 밥솥을 들고 수리점에 갔다. 기능이 많이 떨어져서다. 서비스 기사 말씀이 부속품이 더 비싸니 새로 사는 게 낫다고 한다. 나는 구매한 지 7년밖에 안 되었다고 했다. 그러자 전기밥솥의 수명이 원래 그 정도라고 한다. 세탁기, 냉장고, 텔레비전의 수명이 얼마인지 알려주셨다. 내 예상보다 짧았다.

절약 차원에서 어떻게든 고쳐 쓰려고 했지만 하는 수 없었다. 부속품이 왜 그리 비싸냐며 밥솥을 다시 들고 수리점을 나왔다. 폐기 처분한 밥솥은 공해 물질로 둔갑할 텐데 마음이 편치 않았다. 좀 튼튼하게 만들던가, 아니면 부속품을 장기적으로 갖춰 놓아야 하지 않을까. 소비자들은 수리점에서 하는 말을 곧이곧대로

민을 수밖에 없다. 일반인들은 기계에 대해 잘 모르기도 하고, 회사 방침이 그렇다는데 딱히 할 말도 없다.

전기밥솥은 어느 가전제품보다 위세가 당당하다. 우리는 당장 전기밥솥이 고장이 나면 어쩔 줄 모른다. 일반 냄비에다 밥을 하려면 어렵다. 물을 얼마나 부어야 하는지, 불을 어느 시점에 줄여야 하는지, 또 뜸은 얼마나 들여야 하는지 등등이 골치 아프다. 어쩔 수 없이 밥솥을 사러 마트에 갔다. 이번엔 또 다른 문제로 마음이 편치 않았다. 가격이 너무 비싼 것이다.

전에는 기본적인 사양의 저렴한 것들이 많았다. 그런데 새로운 기술이 추가된 제품들로만 비싼 가격에 전시되어 있었다. 인공지능으로 각종 요리에 최적화된 열 감지 시스템 등.

밥만 하면 되는데 뭐가 그리 복잡할까. 하지만 종잇장보다 얄팍한 내 의지력을 어쩌겠는가. 예전 사양의 밥솥을 살 만한 배짱이 내게 없었다. 얼리 어답터인 남편도 곁에서 거든다. 조금 지나면 또 업그레이드된 밥솥이 나온다나. 이것도 금방 낡은 것으로 보일 거라고 한다. 밥솥이 컴퓨터도 아닌데 굳이 좋은 사양이 필요할까.

요즘 사람들은 이 전에 비해 밥을 많이 먹지 않는다. '식사한다'라는 뜻인 '밥을 먹는다'는 하얀 백미로 지은 밥을 연상시킨다. 예

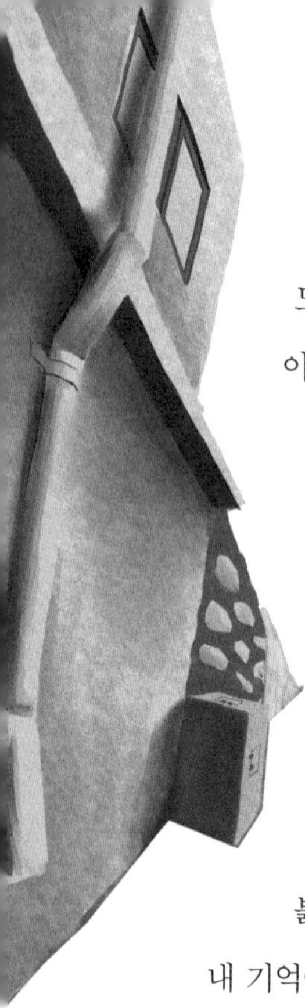

전에는 반찬보다는 밥을 많이 먹었기 때문이다. 아직도 '밥을 먹었다'하면 밥을 수저로 듬뿍 퍼서 먹는 모습이 연상한다.

밥에 얽힌 추억에는 스물스물 올라오는 아련함이 있다. 어릴 적 친구들과 놀다보면 어슴푸레 노을이 진다. 저녁이 다 된 줄도 모르고 어둠에 익숙해진 우리를 깨우는 것이 있었다. 구수하고 달큰한 밥 냄새였다. 슬금슬금 다가와 등허리를 휘감아 오는 달큰하고 구수한 냄새.

그때의 노을은 지금과 빛깔이 달랐다. 지금보다 더 붉었고, 구름에 비친 무늬가 지금보다 훨씬 강렬했다. 내 기억에 '노을 냄새'라는 것도 있었다. 밥 짓는 냄새와 저녁 이슬이 축축해져 오는 냄새가 뒤섞인 냄새다. 그 냄새가 나기 시작하면 여기저기서 아이들을 부르는 엄마들의 목소리가 들려왔다. "영식아. 와서 밥 먹어라.", "순희야, 밥 먹어." 이 소리가 들리면 다들 놀던 판을 뒤로하고 한둘씩 집으로 뛰어갔다. 그때 집에 돌아가지 않는 아이들은 짝이 맞지 않은 채, 고무줄놀이를 이어간다. 이때가 평소 실력이 모자란 아이들에게는 기회이다. 참여자가 모자라니 놀이 규칙에 소홀하다. 아이들 숫자가 적어서 자기 차례가 금방 돌아오기도 한다.

아이들을 집으로 불러 모으던 밥 냄새, 그때 집에 돌아와 밥공기를 팔에 끌어안고 우걱우걱 입에 퍼 넣던 밥은 꿀맛이었다. 반찬이 뭐라도 상관이 없었다. 그때 밥을 안치던 밥솥은 인공지능 전기밥솥이 아니었다. 그저 무쇠솥이었다. 그런데도 요즘보다 훨씬 밥맛이 좋았다. 10년, 20년이 지나도 끄떡없는 무쇠솥. 그 변치 않는 든든함이 아쉽다. 그리고 노을이 지면 여기저기서 나던 밥 냄새가 그립다.

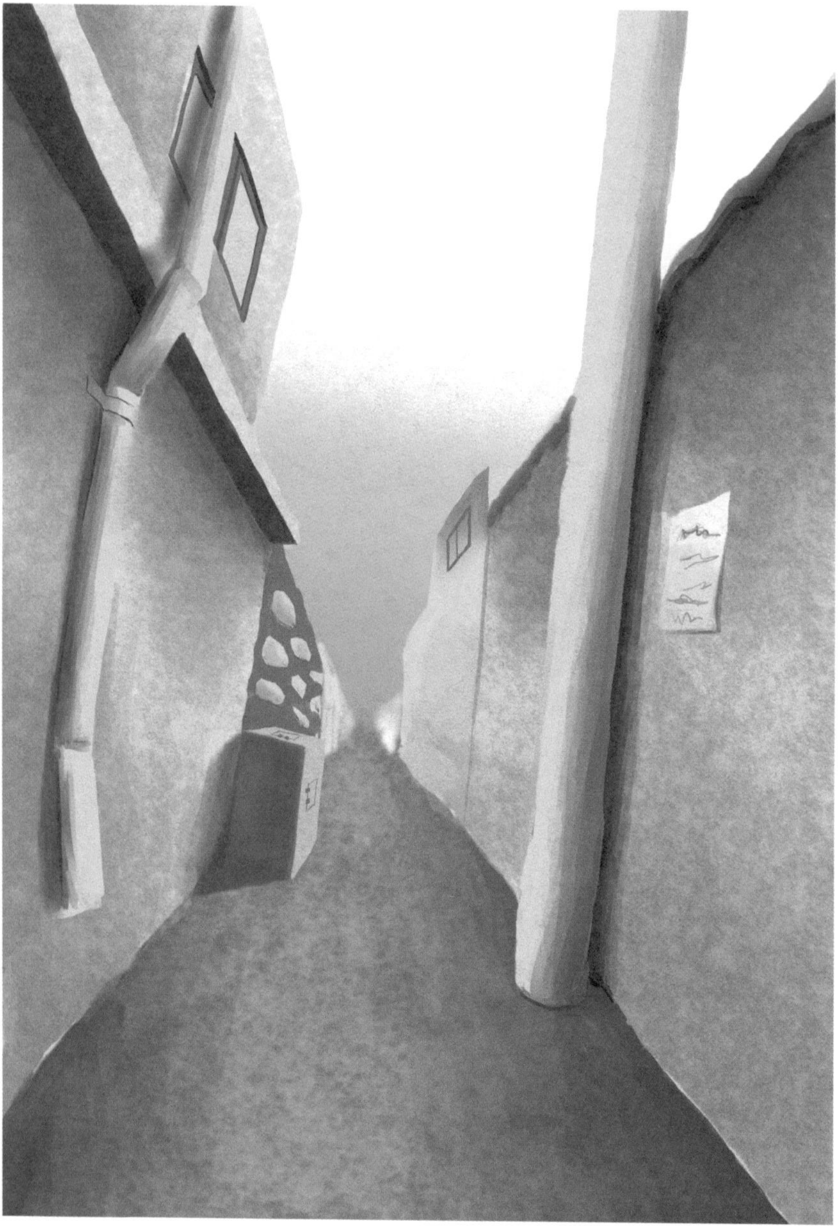

그 시절
먹거리

원기소

나이가 들수록 영양제에 관심이 커진다. 대부분 알파벳으로 되어있는 영양제들이다. 화학 시간에 배웠던 원소 기호들이 많은데 이름이 너무 어렵다. 이름도 이름이지만 그 많은 영양제를 언제 다 먹나 하고 한숨이 나온다. 한 알 안에 현대인들의 필수 영양소가 다 들어간 제품이 나오면 좋겠다. 영양제만 챙겨 먹어도 배가 부를 지경이다.

예전엔 영양제라는 개념이 없었다. 대신 몸이 허하면 보약을 지어 먹었다. 나는 몸이 허약해서 보약을 많이 먹었다. 그 보약을 매번 집에서 달였다. 주전자같이 생긴 약탕기에 종일 약재를 달였다. 약재를 달이는 날엔 집안 곳곳에 한약 냄새가 배었다. 그 한

약을 달이고 누런 삼베 헝겊에 비틀어 짜던 장면이 눈에 선하다.

한약은 쓰디썼다. 그 약을 먹는 건 내게 큰 고통이었다. 아프면 먹는 거라 아파도 안 아픈 척했다. 양약이 별로 없던 시절 이야기다. 한지에 하나하나 싼 약재들, 그 약재를 약탕기에 넣고 석유곤로에 온종일 앉아서 달이던 정성, 그 정성으로 병이 나은 것 같다. 아직도 그 한약 달이던 냄새가 코에 스치는 듯하다.

또 아주 어린 시절에 있었던 보양제로 기억나는 게 있다. 이름이 참 담백하다. 북한 약 이름 같기도 한 '원기소'다. 으뜸으로 기를 보충해주는 영양소라는 뜻인가.

이 영양제는 우선 맛이 있었다. 납작한 원형에 베이지색이었던 걸로 기억한다. 영양제는 거친 가루 맛이 났다. 거칠게 간 가루를 틀에 찍어낸 모양이었고, 입에 넣으면 이빨 사이에서 과자처럼 버석거리는 질감이었다.

원기소를 하루에 한 번 정도 먹었다. 너덧 개 정도를 한꺼번에 먹었는데, 이름 그대로였다. 원기소만 먹으면 힘이 솟는 듯했다. 밥맛도 더 났던 것 같다. 감기에 걸리거나 배가 아프면 몇 개쯤 더 먹을 수 있었다. 그래서 일부러 이걸 얻어먹기 위해 머리가 아프다고 꾀병을 부리기도 했다. 원기소는 내가 초등학생 시절부터 안 보인 것 같다. 지금은 이름조차 가물가물해지고 있다.

최근 기력이 너무 떨어지자 보약을 지으러 갔다. 꽤 비싸게 주고 세 제나 지어먹었는데 처음엔 기력이 나는 것 같았다. 하지만 그때뿐이다. 다 먹고 나니 다시 원점이다. 한약을 많이 먹으면 간에 안 좋다고 하니 많이 먹을 수도 없다.

어릴 땐 원기소 한 알만 먹어도 기운이 펄펄 났다. 말만 들어도 기운이 펄펄 나는 이름, 원 기소. 지금이라도 원기소 한 알만 먹으면 기력을 보충할 수 있을 것 같다.

그 시절
먹거리

내 혀의 점령자들

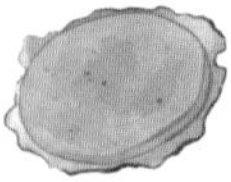

하루에 한 잔 이상 소위 '다방 커피'를 마신다. 설탕, 프리마를 잔뜩 넣어서 마시는데 건강에 안 좋다고 해도 끊을 수가 없다. 원두커피는 서른 살쯤 넘어서 맛을 들이기 시작했다. 원두커피에는 개운한 매력이 있지만, 다방 커피가 주는 걸쭉한 목 넘김은 따라올 수 없다. 서구 음식이 우리나라에서 제자릴 잡기까지는 시간이 걸리나 보다. 처음엔 보급형으로 온 경우가 많다. 그런 음식은 오리지널이 오고 나서도 좀처럼 자릴 내주지 않는다.

소시지 경우가 그렇다. 요즘엔 고기 함량이 높은 스팸이나 진짜 소시지를 먹지만 내가 어린 시절에만 해도 달랐다. 밀가루 맛이 잔뜩 씹히는 '분홍 소시지'가 있었다. 식감이 퍽퍽하고 전체적인 음식의 밀도가 낮았다. 고기도 순수한 돼지고기가 아니라 닭고기 등 온갖 잡고기 맛이 났다. 게다가 색깔은 어쩜 그리도 분홍인지.

음식의 빛깔이라고 보기 민망할 정도다. 색소가 자기 역할을 충실히 해낸 분홍 소시지. 그 소시지에 달걀옷을 입히면 그야말로 천상계 반찬으로 변신했다. 그걸 도시락 반찬으로 싸 온 학생은 최고로 인기를 끌었다.

이 소시지는 영양상으로 보면 빵점이다. 고기가 섭섭할 정도로 적게들어있고, 식용색소가 과다하게 들어간 소시지이다. 그걸 영양학적으로 나무라고 위생학상으로 뭇매를 친다고 해도 소용이 없다. 이미 혀에 인이 백인 이상 말이다. 나는 아직도 분홍 소시지가 더 좋다. 이는 화학적인 것으로 설명할 수 없는 부분이다. 우리 혀와 뇌에는 일찌감치 해롭지만 깜찍한 점령군이 자릴 차지해 버렸다.

보수적인 '입맛 지킴이'도 있다. 요즘은 돈가스 하면 일식 돈가스를 떠올린다. 하지만 내 기억저장소에 있는 돈가스는 두툼한 돈가스가 아니다. 기사식당에서나 나올법한 널찍하고 얇은 왕 돈가스다. 이 돈가스 옆에는 실처럼 얇게 채 썬 양배추가 나와야 한다. 그래야 눈으로나 입으로나 외식한 기분이 난다.

대학생이 되고 처음 미팅 나간 날 먹어본 것이 돈가스다. 그 당시 일 인분에 천 원이었는데 고소한 맛이 일품이었다. 지금 생각하면 고기 두께가 5㎜도 안 되고 그나마 살코기가 아닌 지방뿐이었는데 말이다. 내게는 그때 맛본 돈가스가 진짜 돈가스다.

먹을 것이 귀하던 시절 진짜 재료는 조금만 넣어서 만든 '가짜 음식들.' 하지만 그 음식들을 가짜라고 함부로 말하지 말아야 한다. 그들은 또 하나의 '장르'였다. 영양상으로는 부족하고 위생상 불결했을지는 모른다. 하지만 우린 그 시절 그 음식으로 인해 행복했다.

나는 그 음식들이 지금도 귀하게 느껴진다. 당시엔 우리에게 행복을 선물했었으니까. 또 지금은 향수를 불러일으키니까 말이다.

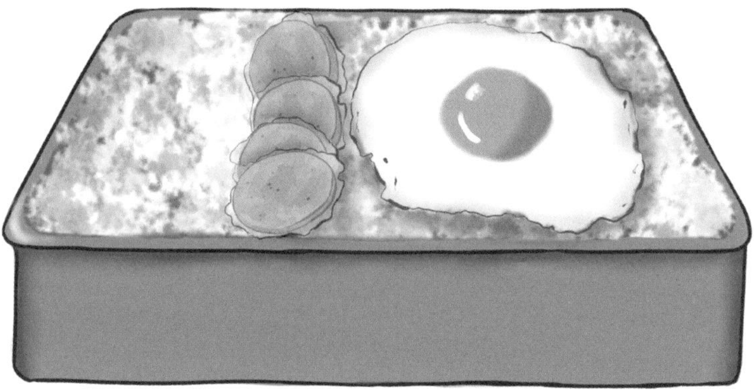

맺음말

추억이 있어서 그립지만 함께할 수 있어서 다행이다

우리는 과거를 그리워한다.

일상에서 우리에게 좋은 일은 아주 잠깐일 뿐이다. 추억은 모호함이라는 특질을 지녔다. 모든 기억을 굵은 체에 거른다. 나빴던 기억은 굵은 구멍으로 빠져나가고 고운 것만 남는다. 그 고운 가루가 우릴 즐겁게 한다. 그리곤 때론 현재와 비교하게 만든다. 현실이 힘들어 보이게 착시현상을 일으킨다. 과거의 추억이 대부분 그립지만, 나는 지금이 더 좋다. 그만큼 인생 경력이 많아서 기억에 둔감해진 것일까! 추억을 만들던 당시는 그 사실을 겪는 것만으로도 허덕이기 일쑤였다.

온종일 딱딱한 책상에 앉아 있던 학창 시절, 모든 것이 낯설고 힘들어서 매일 울던 사회 초년 시절, 또 연애라는 달콤한 이름으로 일어났던 불면의 날들, 결혼해서는 남과 하나가 되는 과정에서 겪었던 시행착오들. 아이를 기를 땐 어땠나, 내 안에서 생명체를 만들어 세상에 내놓는 게 두렵던 순간들. 이 모든 과정에서 두려움과 불안함이 기쁨을 앞질렀던 게 사실이다. 그 일들을 지금 되돌아보면 괴로움은 굵은 체에 쏙 빠져나간다.

우리는 항상 과거의 좋은 일만 기억하는 경향이 있다. 그리고 다른 사람의 삶을 동경한다. 특히 도시 사람들은 전원생활에 대한 환상이 있다. 겪어보지 않았으니 관념 속에만 존재하는 생활이다. 하지만 시골에서 자란 사람은 전원생활을 하려고 하지 않는다.

그들은 말한다.

"아파트에 화단 가꾸면 되지, 뭐 하러 텃밭을 가꿔요. 벌레가 얼마나 많이 생기는데요, 그리고 손이 얼마나 많이 가는지 알아요? 그놈의 잡초는 말할 것도 없고요. 잡초를 뽑고 돌아서면 또 자란답니다."

시골 생활은 사람을 건강하게 하지 않느냐고 하니 반박한다.

"새벽부터 죽어라, 일만 하는데 건강할 리가 있어요? 노는 사람이 건강하지. 대부분의 사람은 환갑이 되기 전에 허리가 꼬부라지고 농약 성분이 독해서 질병에 시달려요."

듣고 나니 시골이 아름답게만 느껴지지는 않는다. 그래도 분명 과거를 추억하면 감정이 풍부해진다. 몇 년 전 드라마 「응답하라」 시리즈를 보면서 가슴이 무척 아려왔다. 아마 중년에 접어든 대부분 사람이 그랬을 것이다.

여름밤이면 가족끼리 밤하늘의 별을 헤아리면서 나누던 소박한 대화들, 골목길 담장에 벽돌로 써 놓은 낙서들, 공터에서 날리던 누런 흙먼지의 냄새. 이 모든 것이 지금은 없어서일까. 모두 눈물 나게 그리울 때가 있다. 과거는 그리워하는 것으로 족해야 하는 걸까.

참 다행이다. 과거가 있어서. 현재가 힘들 때 견딜 수 있는 아름다운 추억이 있어서, 또한 다행이다. 현재가 힘들 때 그래도 과거보다는 지금 나아졌다고 생각할 수 있어서. 과거는 이렇게 여러모로 쓰인다. 눈물 나도록 과거가 그립지만 참을 수 있다. 그리고 아름다운 과거가 될, 오늘을 또 살아야겠다.

달고나와
이발소 그림

1판 1쇄 인쇄 | 2022년 8월 18일
1판 1쇄 발행 | 2022년 8월 28일

지은이 | 허윤숙
펴낸이 | 김경배
펴낸곳 | 시간여행
디자인 | 디자인[연:우]
일러스트 | 장은석
등 록 | 제313-210-125호 (2010년 4월 28일)
주 소 | 경기도 고양시 덕양구 지도로 84, 5층 506호(토당동, 영빌딩)
전 화 | 070-4350-2269
이메일 | jisubala@hanmail.net

종 이 | ㈜화인페이퍼
인 쇄 | 한영문화사

ISBN 979-11-90301-19-0 (03800)